U0373782

小说写作
十日谈
汤达◎著

中山大學出版社
SUN YAT-SEN UNIVERSITY PRESS
·广州·

版权所有 翻印必究

图书在版编目（CIP）数据

小说写作十日谈 / 汤达著. —广州：中山大学出版社，2022.9
（广东外语外贸大学中文学院一流本科专业建设教材丛书）
ISBN 978-7-306-07578-9

Ⅰ. ①小… Ⅱ. ①汤… Ⅲ. ①小说创作—高等学校—教材 Ⅳ. ①I054

中国版本图书馆 CIP 数据核字（2022）第 109700 号

XIAOSHUO XIEZUO SHI RI TAN

出 版 人：王天琪
策划编辑：金继伟
责任编辑：麦晓慧
封面设计：曾 婷
责任校对：石玉珍
责任技编：靳晓虹
出版发行：中山大学出版社
电 话：编辑部 020-84111996，84113349，84111997
发行部 020-84111998，84111981，84111160
地 址：广州市新港西路 135 号
邮 编：510275 传 真：020-84036565
网 址：http://www.zsup.com.cn E-mail:zdcbs@mail.sysu.edu.cn
印 刷 者：广东虎彩云印刷有限公司
规 格：880mm×1240mm 1/32 7.75 印张 150 千字
版次印次：2022 年 9 月第 1 版 2023 年 8 月第 2 次印刷
定 价：48.00 元

如发现本书因印装质量影响阅读，请与出版社发行部联系调换

写在前面的话

这是我给本科生上小说写作课的讲义。如果把讲义的标准定得稍微高一点，那这点东西就连讲义都算不上，不过是一些自我提示，方便我在课堂上保持注意力，避免前言不搭后语。文学课堂，我认为闲谈的气氛最相宜，然而实际操作的难度却最大。虽不能至，心向往之，我姑且“大言不惭”，将这十堂课名之“十日谈”，以期自勉。

讲义里的很多话，讲述的对象是我课堂上的学生，谈论的是他们在写作和思考中出现的特定问题，绝非公论。因自知人微言轻，不得不大量引用“名人名言”支撑我个人的某些看法。在此有必要事先申明，这些名作家是无辜的，我愿承担“断章取义”的全部罪责。

在课堂闲谈中，我一直坚持写作要以阅读为中心，认为文学写作离不开大量细致的阅读。离开阅读谈写作，是舍本求末。所以读和写，我是连起来讲的。

同学们的反响如何，我无从得知，倒是我自己从讲义中受益良多，有些话题，讲着讲着，把自己给点醒了，下了课如果还没忘掉，就写成文章，发表在期刊上。选了三篇，附在讲义后面，也算物归原位。

无论是谁，谈论小说都充满偏见。可能小说容许偏见，甚至需要偏见。尝试用严谨的思维去除偏见，很可能会失去个性、失去风格。放到课堂上，则容易让学生睡着。所以，我讲课时允许自己带入一点私人的观点和偏好。

比如，我认为契诃夫、鲁迅、库切等人是现代小说写作的典范，那是因为我偏爱简洁的文风，而且认定文学不应容许任何形式的虚伪和自欺。此外，我对小说的思辨性、思想性有很高的要求，尽管我把卡尔维诺、纳博科夫、昆德拉等人关于文学应当如何轻灵的论述全都看完了，但我还是坚持自己的理念。我能够欣赏陀思妥耶夫斯基那种古典的表现形式，欣赏他的偏执和疯狂，但对罗伯特·穆齐尔和托马斯·曼的厚重与繁复，却深感有隔膜。我相信要表现詹姆斯·乔伊斯的主题，存在比《尤利西斯》更好的形式。我认为，美国作家中，索尔·贝娄比福克纳和海明威更有原创性，也更具幽默感和观念上的冲击力。拉美“文学爆炸”作家在我这里分量很低，我总感觉他们华而不实，内里不够强大。我看得出马尔克斯是个讲故事的高手，但我认为文学并不是讲故事而已。至于马尔克斯在中国的拥趸，比如先锋派，我讲课的时候尽量回避。在我看来，魔幻现实主义是一个可笑的提法，我认为卡夫卡的《变形记》、布尔加科夫的《大师和玛格丽特》，抑或是贝克特的《等待戈多》，更配得上“魔幻”加“现实”这两个词。

这里面基本上没有多少道理可以讲。如今不是提倡多元化、个性化嘛？我早就不再试图说服任何人，我也不希望任何人来说服我。如果你认为某部两千万字的网络小说是当代经典，或者某些获奖无数、披着纯文学外衣的色情小说是伟大的文学作品，并且打算以毕生精力去研究它们，我一点意见都没有，绝不会去跟你讨论什么文学标准的问题。如果你博古通今、引经据典，写出学术檄文，讽刺我这类人对后现代文学的无视是一种骇人的文学偏见，那我会为你鼓掌喝彩，然后坚持我自己的那一套。

可想而知，这里提及的“小说”，是一个很狭窄的概念，指代我相对熟悉和了解的那一类虚构作品。毕竟个人能力有限，而小说无所不包。弱水三千，我只喝得下这一瓢。

把这些话晾出来，目的是劝退部分读者，因为害怕浪费他们的时间。实际上，我并不认为文学就是没有标准、纯粹主观的个人喜好，也不认为文学纯粹是意识形态的一种文化建构。虽然文学这个概念非常可疑，但我依然相信，一流的叙事艺术中，始终包含着德性与真理。这信念也许就是个幻觉，但又有什么关系呢？我需要它。

我讲授的是写作课。而真正的文学写作自然是不能教的。所谓的创意，其实就是一个人的价值观输出。大学课堂上的小说写作课并非专业作家培训，一来，我们不需要那么多作家；二来，我也绝对没有培训作家的本事。

那么，面对天真烂漫的学生们，当谈到阅读和写作的时候我，应该教点什么好呢？这是一个问题。

个人感觉，时下的人文教育，日益缺少的正是对美的感受能力，以及对自我和现实的认识能力的培养。大量的二手讯息和过多的理性规训，容易将我们的青少年批量生产为毫无个性、没有历史感和现实感的二次元生命。听说元宇宙正在到来，资本主义那套文化逻辑即将席卷人类的所有领域，包括外太空和潜意识。我感到，文学教育是对抗流行文化负面影响的重要手段，甚至是唯一手段。真正严肃的小说阅读和写作，已经变成一种悄无声息的抵抗行动，在坚守着某些我们不忍放弃的品质。因此，我在课堂上有意偏向某一类经典小说，这类作品毕竟久经考验，往往对探索自我意识、道德自觉、现实感有所帮助。如果有一天我们真的形成一种共识，认为文学对人性确实毫无帮助，那我也会跟大家一起，高高兴兴地把文学扔到垃圾堆里去，然后坦然接受这个世界带给我们的一切。

我自知这是很老派的观念。作为一个教育工作者，我的执念在于，使人成为一个更好的人，比成为一个平庸的作家要困难得多，也有价值得多。文学虽然不能确切指认更好的人性包括哪些要素，但透过那些优秀的作品，我们可以将那些不包括在内的要素排除出去。

这样一本简陋的入门讲义，肯定不能担此重任。我不过以此为方向，小积跬步，抛砖引玉而已。如果到头来被证实观点不够恰当，别人看了此书也是有帮助的，起码他得了一点教训，明白此路不通，必须另谋出路。

目　录

第一日

为什么要读小说、写小说

0

这其实是个挺私人的问题，却又不得不提。所以，先从我自己说起吧。

上高中那年，我才真正开始读小说。当时看来，这几乎是被逼无奈的选择。

当时我所在的宿舍，满满当当住了十二个人，厕所、浴室都在外面，一层楼共用一间。我总是等熄灯之后，偷偷溜进黑漆漆的、尿骚味浓重的公共浴室，独自洗个冷水澡，跟做贼似的。

学生会的值日生时常将我当场抓获，第二天就会通报批评。班主任把我叫进办公室，问我为什么总是给班级扣分抹黑。她的说辞是："所有人都在统一的时间洗澡，你怎么就不能？你以为自己是什么大角色？"

我想说人和人是不一样的。我还想说，挤在白花花的人堆里洗澡，会让我感到卑微、痛苦。但我没有说出来，自知这种话没有说服力。实际上，我也确实不懂自己究竟是怎么回事。

为什么别人眼里完全不值一提的琐事，在我看来却关系重大？羞耻心重要吗？我不知道如何看待自己，也不知道别人怎么看我。我只知道自己总是闷闷不乐、愤愤不平，却又说不出个所以然来。

晚上睡觉，对我来说也不是一件简单的事。寝室窗外有两棵不知名的枯树，夜空下，如鲁迅所说，它们“一无所有的干子，却仍然默默地铁似的直刺着奇怪而高的天空，一意要制他的死命”。还可以听到老鼠在窗下交头接耳。到了深夜，远处的河面上响起沙船的汽笛声，一递一声，拖得老长。

躺在床上，我越睡越清醒。我想起老家门前碧绿的水塘，想起山下菜地里的两只淡紫色兔子，想起抽屉里那些盗版磁带，想起茶场中间的“格斗场”，以及我在“格斗场”上收获的荣耀和情义。当然，还有一个熟悉的身影时时萦绕眼前，像梦幻一样，那是我暗恋多年、尚未表白的女孩。这一切，如今都被剥夺干净了。一切熟悉的、亲切的事物，都从我的生活里消失了。身处这所号称名校的县城“监狱”，我有一种不切实际的沧桑感，带着老人般的漠然和心痛。

就是在那段时间，我像抓住救命稻草一样，反复阅读《红楼梦》里我最喜欢的那几回，一遍又一遍。在那之前，我的人生没机会接触别的文学作品。

曹雪芹以微妙的方式让我意识到，这些失去的东西，永远不会再回来了。人生就是持续不断地遗失。我被迫放弃的生活，其实是微不足道、不足挂齿的。但即使如此，它们可能就是我生命中最重要的东西了。曹雪芹似乎还在告诉我，借助文字的微光，我们可以挽留一丝残骸。我隐隐感觉到，这些残骸是构建余生的材料，我们可以借此联通其他人流逝的生命和灵魂，唯其如此，失去的时光才会变得可以忍受，才有获得重生和扩大的机会。

在当时看来，这是悲观但有效的安抚。

终于有一天，我觉得还应该读点别的什么书。于是，我去借阅室找大部头的哲学书和历史书，结果它们让我大倒胃口。因为它们似乎毫不关心活生生的人，尤其是像我这样脆弱敏感的人。于是，我又回到宿舍读我的《红楼梦》。

一个偶然的机会，我随手翻开舍友扔在墙角的一本小说，莫名其妙地读进去了。那是简·奥斯丁的《傲慢与偏见》，它给我打开了另一扇大门：我全身心沉入一个既有泥土气息，又有浪漫邂逅的世界。小说的主题似乎就是人如何看待自己与他人，以及由此引发的误解与和解。我感到里面的每个人都跟我有关系。我之前决然想不到，会从一个已离世两百年的外国作家的作品中领悟到生活的要诀。从那本书开始，我产生了对世界名著的信任。

那时候，在失眠的夜里，我一边用手电筒读奥斯丁、司汤达和卢梭的小说，一边收集着室友的秘密。

睡门口的那位同学，几乎每个星期总有那么一两次，在他以为大家都睡着了以后，用手电筒默默地翻看色情杂志；而在白天，他是一个极其严肃认真的人，不允许你跟他开任何玩笑。

睡我旁边的那位帅哥，是班上许多女生的梦中情人，人称“级草”，又号“小金城武”。后来他上了大学，成了职业模特。当时他已眉清目秀、高大英俊，但在男生宿舍楼里，他的名气来自那双奇臭无比的脚。他有时成心捣蛋，三天不换袜子，鞋子一脱就能把寝室其余十一个人全部熏出去。脚臭对他而言绝不是难为情的事，恰恰相反，他为此十分自豪，换下的袜子先不着急洗，要在门口晾一晾。他端坐在门口的床位上，兴味盎然地观察路过的受害者，看他们捂着鼻子仓皇奔逃，小金城武止不住发出阵阵狂笑，跟电视里大反派一样，笑得邪恶而狂放。

深夜里，小金城武会偷偷把臭袜子放到小胖的脸上，早上趁小胖睡醒之前再偷偷拿回来，洗漱完毕后，潇洒走去教学楼，享受女孩们迷醉的目光。

这些事情都只有我一个人知道。我意识到在生活的表象下面，有很多不为人知的隐秘，包括我自己也是如此，饱受青春期情欲的折磨，为了掩饰脚上长出的鸡眼，很长一段时间不敢当众脱袜子。

在读简·奥斯丁的小说以前，我对这些事感到恶心反胃。它们让我厌恶人生。而读过她的几部小说之后，我渐渐能够以轻喜剧的眼光看待自己的生活了。伊丽莎白愚蠢的母亲和姐妹们，原来也是生活的必需品。高洁如爱玛，也一样会陷入人性的种种圈套。奥斯丁以她的超然告诉我，对他人的道德和品位过分较真，是一种要命的庸俗。

然而，问题不会这么简单。一个人也不会如此轻易得救。

有一天中午，我从教室回到寝室，发现自己的被子摊在脏兮兮的地板上。室友告诉我，这是政教处主任干的，扔掉被子，还不允许任何人替我捡起来。原因很简单，学校要求把被子折成方块，而我折成了长条。

我的愤怒使全体室友惊讶。他们安慰我说，认了吧，不管怎么样，你的被子确实不符合规定。

“但是，”我说道，“为什么我不能把它折成我习惯的样子，一定要按他们的要求折呢？被子到底是我盖，还是他们盖？学校是教书育人的地方，何必管到我的床铺上来？是不是以后还要管我讲话的口音、拉屎的姿势？退一万步说，就算我违反了他们所谓的规定，他们也只有扣分的权力，没有扔被子的资格，扔被子这种行为，才是真正恶劣的违规。”

寝室长戴着一副眼镜，眼睛眯起来，像是把我这种人看透了。他说：“你是个愤世嫉俗的人。要是都像你这样想问题，这个世界就乱套了。”

只有一个室友同情我，帮我拾起被子，甩干净，仔细折成方块，说：“算啦，在哪里都一样。当兵的还要过日子呢。以后我帮你折被子吧。”

他们越是镇定，我就越是愤怒。我觉得自己受到了侮辱。我认为正是因为像他们这样的人太多，才会有那么多愚蠢的规定和愚蠢的罪行。于是，我在激愤之下直奔行政大楼。我想听一听政教处主任会对这种行为做出怎样的解释。

在我看来，不由分说就把被子扔在潮湿肮脏的地板上，是一种暴行。我刚刚读过一点世界现代史，外加托尔斯泰的《复活》，以及卡夫卡的半本《审判》，我不喜欢这些小说和文字，因为它们让我痛苦，让我感到人类毫无指望。此刻，我将可怜的被子的遭遇，与人类历史上那些愚昧的暴行联系起来了。在阅读托尔斯泰和卡夫卡的痛苦过程中，我对庸人的恨意日益加深，迫切希望找到发泄的出口。我对自己说，我不想沦为任何系统、体制的受害者，我不想当麻木的小人物，不想成为任何意义上的约瑟夫·K。我想用自己的实际行动申明，托尔斯泰和卡夫卡是片面的，世界和人性并非如此不可救药。

在去办公大楼的路上，我看到同学们拿着饭盒，说说笑笑，走回寝室午睡，校园里一派青春欢快的气象。而我怒气冲冲地在人流中逆行。

到了办公大楼，里面空空荡荡，教工们也都午休去了。这时我才感到有些心虚。但我知道不能回头。

政教处黄主任正打算关门午休，我在最后一秒挤进房门。毫无疑问，我有些紧张，并为此责备自己，我不应该显得这样懦弱和渺小。

“干什么，干什么?”黄主任问道，不耐烦的口气，略带惊讶。他是个小个子中年人，上任不久，听说以前教政治。不管是开会还是做报告，总是用一口地道而土气的县城方言，语调过于抑扬顿挫，显得很假。

“我的被子今天早上被人扔在地上。”我用生涩的普通话说。

“哦。是的。那我记得。你没有折被窝。”

“我折了。”

“你那也算折被窝？你连个被窝都不晓得折吗？你屋里是哪里的？你没有折被窝，还在午睡时间跑出来找老师的麻烦，并且还理直气壮。你到底是不是考进来的？买的名额吧？你爹是干什么的？看你的样子倒是很老实，农村来的吧？为什么要这样一副样子？我真的是头一次见到这样的学生，真真有味。”

我思考着，应该怎样回答，才不显得卑微和无知。

“我认为，”这是我当时的口头禅，“即使我折被子的方法不符合你们的要求，也不能把我的被子扔在地上。”

“是保卫科扔的，他们跟我一起巡查。他们当时非常气愤，看见有学生在如此三令五申之后，居然还无视学校纪律，公然不折被窝，他们确实非常气愤。他们跟我一样，没有碰见过这种情况。”他那点惊讶消失了，只剩下纯粹的不耐烦，“你想怎么样？记住这个教训，新同学，这是个教训，下次把被窝折好，就什么都不会发生了。走吧。我要休息一下。有事情下午再来找我，或者找你的班主任。”

他几乎是把我推出办公室的，然后重重地关上了门。

我就这样被打发走了，像条落水狗一样。一场正义与邪恶的较量，一场对暴行的终极审判，怎么会落到这个下场呢，我不得不开始研究，到底是哪个环节出了差错？还是说，所有环节都不对头，尤其有问题的，是我这个人？

我在脑子里用各种方式，比如托尔斯泰的方式，或者卡夫卡的方式，或者奥斯丁的方式，给自己重新讲述一遍刚刚发生的场景。

如果我不这么做，我就不知道怎么看待自己的行为，以及如何提高自己。因为我只有十六岁，之前生活在伊甸园，从未到过真正的人世间。没有那些小说，我会陷入混乱，或者遗忘，或者自欺欺人，或者背叛，或者绝望。

走回宿舍的路上，我发现，之前最让我难受的托尔斯泰，此时声音最为强烈。他在分析我、讽刺我，同时也在包容我。他教会我的那种自省，是最为决绝的，也最为清晰可辨。我知道，接下来的日子里，他将长久地陪伴我。

那天是个开端，从此我开始写日记，写从不寄出的信，用文字医治自己的矫情和局促。

这确实是个漫长的过程，因为直到今天，治疗仍然没有结束。

1

以上片段，是我尝试用小说的笔法，以场景和细节来表明我读小说和写小说的理由。

一方面，我想说明小说作为一种言说方式的基本特点；另一方面，我想表达小说对每个人的意义是多层次的，和生命的成长一样变动不居，不可一概而论。同一部小说，不同时期去读，读者的阅读体验是不一样的。我只讲了对我而言一段很特殊的时期，以及那段时期对小说的特殊理解。在另一些时期，我对文学的诉求截然不同，有时更关心语言本身的美，有时更在意叙事技巧的高妙，有时更喜欢沉迷于神秘主义幻想。还有的时候，我更在意小说中的主题思考。

我很清楚，不是每个人都需要小说。小说要处理的问题，在有些人那里甚至根本不存在。比如，对少有闲暇的劳动者来说，读小说和写小说，都是很奢侈且不必要的嗜好。渴求灵修的苦行者，会认为小说太执迷于世俗，很难带来满足和启发。在偏重抽象思辨的哲人眼里，小说似乎又太琐碎，也不一定是必要的食粮。

小说确实也可以探讨灵修和哲思，但处理这类问题，它并非最合适的体裁。

不同的人喜欢读的小说不一样，写出来的小说也不一样。所以，问一问自己是不是真的喜欢小说，喜欢什么样的小说？不喜欢的理由是什么，喜欢的理由何在？厘清这些问题有时是很有必要的，有助于认清自我，也可以在阅读和写作上少走弯路。而且我总感觉，至少在某一类小说中，我们读和写的动机，最好是接近的。尽量不要是这种情形：我读小说是为了享受精神洗礼，而写小说是为了赚钱。这样的话，很可能你两样好处都得不到。

鲁迅——我会经常引用他的话，因为他的话往往挺有道理，而且借他的口说话，可以少挨很多骂——说他写小说的目的，是“利用它的力量，来改良这社会”。这目标很宏大，所以他的小说即使篇幅很短，力道也相当足，不会把笔墨浪费在无关痛痒的地方。

当然，现在要是有人站出来说写小说改良社会，多半会遭人笑话。时代不一样了，小说的地位也不一样了，它的文化任务也发生了根本变化。我们要认清这一点。所幸鲁迅还说过：小说必须是“为人生”，而且要改良这人生。

时下，功利主义已经深入了我们的骨髓，我们难以彻底摆脱。那么，耗费宝贵的时间和精力来读小说、写小说，最好还是要改良一点什么东西才好。改良不了社会，改良自己也是好的。胡适先生说，提高社会的唯一途径，是提高自己，如此说来，也算是曲线报国了。

2

无疑，这种对小说的理解是古板的。肯定会有人问：难道你没听说过为艺术而艺术？你不知道后现代主义吗？你不懂高深莫测的元小说吧？你知不知道现在网络文学多么声势浩大？难道你看不见传统的严肃文学的处境多么岌岌可危？

这些情况，我是大约知道一点的。我读过各式各样的作家谈论自己投身小说的动机，有的把小说当成神圣的事业，有的当成游戏，有的用来自我救赎，有的则视其为纯粹超然的艺术。

我真正有同感的，是托尔斯泰在日记里的说法。

> 我们的当代作家全都写得引人入胜，并且大都有爱情纠葛、女人、各色猎艳奇遇，写得很露骨。这些作品哪里有什么思想？你读着读着，不禁会问：“一个人干嘛要写这些？干嘛浪费时间埋头工作？”回答是现成的：或曰扬名，或曰得利。两者都是可怕的和

肮脏的。……如果诗人们对你说，他们写东西是为艺术而艺术，请你千万别相信他们。

所以，我不在课堂上鼓励学生当作家，尤其是职业小说家。这是多么辛苦的职业，收益如此微薄，自欺的风险又如此之高。如今干点什么不比码字赚钱更快、更多呢？除非你所有的天赋都指向这个行当，你感到自己生来就是干这个的，那谁也拦不住你。如果你想当一个作家，我会劝你问一问自己：你是不是必须写作；你是不是下意识以写作构建你的全部生活；对你来说，要是你不写，是否觉得每天都是世界末日。我觉得，只有全部做出肯定回答的人，才有可能通过文学的终极考验，去除名利和浮华的干扰，写下能让这个世界更真诚、更丰富一点的文字。

弗兰纳里·奥康纳是个重病缠身、言辞犀利、思想冷峻的美国小说家，我很喜欢她。她在《神秘与方法》里讲得非常直接："我每到一个地方都有人问我是不是觉得大学在扼杀作家，我的观点是大学扼杀的还不够多。很多畅销书的作家本应被学校里的好老师劝阻。成为作家这个念头吸引着一大群无所事事的人，吸引着那些被多愁善感或者自怜自伤苦苦折磨的人。"

我对畅销书作家倒没这么反感，只是害怕大部分人成不了畅销书作家，却被当作家的念想耽误了青春。虽然也有人说，青春本来就是用来耽误的。

梦当然可以做，也不是都要实现。作家梦渐行渐远后，往往会留下一些难以捉摸的东西作为礼物，而在我这里，最大的礼物是反思自我的能力。

3

好了，还是假定大家暂时接受了我这套保守的小说信条吧，以认识世界、反思生活、改良自我作为小说读写的目标。在这个前提下，大众审美和市场潮流，就不再是小说评判的标准，判断一篇小说写得好不好，自然就不必依赖读者的多寡、评论家的打分、编辑的审判。

那凭什么来判断小说的好坏呢？

我想借用里尔克谈诗的话来回答这个问题：一件艺术品是好的，只要它是从“必要”里产生的。

关于这个“必要”，他这样解释：走向内心，探索你生活发源的深处，在它的发源处，你将会得到问题的答案，你的写作是不是必须的创造。

换言之，如果一篇作品是作者感觉必须写出来的，这感觉如果足够自然、足够强烈，那么当它完成的时候，你就会得到某种释怀和满足，无须外界给予肯定和回报。

其实这是极高的标准。它不光要求你忠于内心，还要求你的内心广阔、充盈，有真正的表达欲——你在为某些东西激动不已。为写而写，为技巧而写，为形式而写，都是没有必要的写作，都不值得我们煞费苦心。

《一九八四》和《动物庄园》的作者乔治·奥威尔在《我为什么要写作》里谈及写小说的动机：我坐下来写一本书的时候，我并没有对自己说，我要加工出一部艺术作品。我之所以写一本书，是因为我有谎言要揭露，我有事实要引起大家的注意，我最先关心的事就是要有一个机会让大家来听我说话。

这大概就是一种必要的写作。我相信，托尔斯泰、陀思妥耶夫斯基、卡夫卡、普鲁斯特这些人，都是在“内在必要性”的驱使下走向小说的。他们的写作因此有着强大的内在力量，源源不断地往外辐射。他们不能预想和控制辐射的范围，写作的时候他们不会考虑这些问题，专注的是如何把自己真正想表达的，尽可能完满地表达出来。

当然，小说和人性一样，饱含非理性的要素。契诃夫就说：“有时候我真的很没有信心。我为谁写作？为什么而写？为大众？我从来没有见过大众，与鬼神比起来，我更愿意相信鬼神的存在。这个所谓的大众缺乏教养，没有礼貌，即便在最好的时候，对我们也是肆无忌惮、虚情假意。我不知道这个大众是否需要我。我想要的是钱吗？但是我从来没有钱，因为我不习惯有钱，所以我对钱也很漠然。我只是不能让自己为了钱而工作。我想要的是赞美吗？赞美只能激怒我……”

他只是不停地写着，一个作品接一个作品，停不下来。某种内在机制支配着他，使他不得不写，持续不断挑战自己的极限。

4

鲁迅先生又说了：

> 中国人的不敢正视各方面，用瞒和骗，造出奇妙的逃路来，而自以为正路。在这路上，就证明着国民性的怯弱，懒惰，而又巧滑。一天天的满足着，即一

天天的堕落着，但却又觉得日见其光荣。

（《论睁了眼看》）

他说的话，于今天其实还很适用。真实的人生往往艰难曲折，并不那么美好。通过小说改良人生，不会是什么轻松好玩的事，三言两语也难以道尽。但首要的，恐怕还是去除这瞒和骗。

瞒和骗分好几种，最无可救药的就是粉饰、阿谀、为强权辩护。既然无可救药，干脆就别提它了，让这样的心灵去腐烂吧，反正这样的人也听不进半句忠告。

文学真正的敌人，是自我欺骗、自我感觉良好。这也是年轻人最容易犯的毛病。他们在阅读和写作中，往往会加固种种幻象，美化自己、美化生活，使整个宇宙都透着偶像剧的柔光，使自己进一步缺失面对现实和自我的能力。

不认清自我和现实，就谈不到提升和改良。正视自我和现实，需要勇气，也需要能力。好小说能给我们提供一个比较可靠的审视人生、发现自我的视角，这是改良人生的前提。

当然，如果你的阅读功力到位的话，从坏小说中也能看到真实的人性。因为无论你的文字是虚伪还是真诚，都是你人格的真实展现。歌德说："风格乃是一个作家内心最真实的写照，谁想使作家的风格清清亮亮，他内心先就得清清亮亮，谁想写得超凡脱俗，他自己的品格就得超凡脱俗。"

惠特曼说得更形象："你的作品里没有一个特征不是

你自己身上的。如果你凶狠或庸俗，那是逃不过任何人眼睛的。如果你喜欢吃午饭的时候背后站着一个仆人，这也会表现在你的作品里。如果你爱唠叨、好嫉妒，看女人的样子很下贱，这些都会表现在你有意省略的地方，甚至尚未写出的作品里。”

我始终相信歌德和惠特曼的论断，因为在看别人的作品时，我常常能看到他们不想表现出来的东西，那些藏着掖着的小心思。正因如此，我对自己格外警惕，生怕不自觉中也在瞒和骗，解决的办法，唯有让自己更坦荡一点，更诚恳一点。虽然这种警惕的效果很有限，但总比毫无警惕要好一点，起码能多一点自知之明。

在文字中表现“真”，是最基本的，也是最难的。三大终极价值真善美，真排在第一位，不是没有来由的。

文字首先应当去掉面具，抛弃那些瞒和骗的企图，真正触动你自己、表现你自己、释放你自己。做不到这一点，其他的便无足观了。

我很喜欢的一个作家 V. S. 奈保尔说：小说不像音乐，它不是为年轻人创作的。写作没有神童可言。一个作家要想作品中所表达的学识和经验既具有社会普遍性，又是个人情感的表露，需要经过时间的磨炼，甚至需要他用一生来处理他的原始经验，以便让读者懂得他经历了什么样的风风雨雨。

可见，要袒露自己的情感、发现真实的自我，是一件多么不容易的事情。

教书生涯中，有不少意气风发的同学问过我：我不想要那么多真实，不想改良自我，因为这些东西都是玄虚的，没有什么实际的好处，我觉得现在的生活已经很好了，只要能按部就班，找份好工作，我就别无他求，为什么还要自寻烦恼？

每当此时，我就支支吾吾，不知如何回应。我五岁的儿子经常问我，为什么要当个普通人（尤其是老师），当奥特曼不更好吗？我也是这样不知所措。你总不能责备他不懂人生吧？

我特别喜欢的一位美国作家是索尔·贝娄（不知道为什么中国作家都无视他和他的风格，大概因为他不够“单纯”）认为，现代人的内心在精神和品格上是匮乏的，“社会给他吃，给他穿，在一定程度上保护他，他是社会的婴儿。如果他接受这种婴儿状态，便会心满意足。但如果他想发挥更大的作用，则会感到非常地不安。……给了奶瓶和玩具就能满足，这是很危险的。而艺术家、哲学家、牧师和政治家关心的是人性的全面发展，即人的成年期，它在我们的历史中偶尔如惊鸿闪现，偶尔为个人所感”。

贝娄的说法，妙在“成年期”这个表述。马克思早就告诉过我们，人类的最终目标是获得全面解放，实现人性的全面发展，也就是创造性地生活。之前我以为马克思是在指认一处遥远的未来，而贝娄则告诉我，这是每个人都应当去实现的成长。在现有的社会条件下，除了满足物质需求，我们还要尽可能在精神上保持鲜活，不要夭折在婴儿期和幼年期。

小说，无论怎样贬斥它，总该算是实现这种精神生存的主食之一吧。

5

小说的读和写，不能分开。我相信，读是为了写，写是为了读，而读和写合起来，我前面说了，是为了改良自我、发展自我。

教学经验告诉我，年轻人当中，读小说最有心得的，往往是喜欢写作且热爱生活的（不是那种一派乐天的热爱）。而小说写得好的，一般就是阅读量最大，且生活经验相对丰富的。

生活经验这个东西，教不了，也没法学，所以我们把重点放在阅读上。

克罗齐所代表的直觉派美学家认为，要欣赏莎士比亚，你必须把自己提升到莎士比亚的水平。

这个有点夸张了。但你真正欣赏和亲近的作者，肯定在某些方面是跟你有相同特质的。起码你对他面对的问题及其表现出的态度，有很强的共鸣。阅读就等于是寻找引路人，请求他们指引，让我们不必在黑暗里从头摸索，孤立无援。也是通过阅读，我们提升自己，获得能力，再成为别人的引路人。

关于阅读的方法千千万万，最重要的一条，也是古往今来实践最多的一条，就是找到几本适合你的好书，尽可能地熟读成诵。

你总得有那么几本书，是随时可以从脑海里大段大段浮现出来的，它们悄悄滋养你、纠正你，或者鄙弃你，跟你梦呓、倾诉、争吵。

据马尔克斯自己说，他可以将鲁尔福的小说《佩德罗·巴拉莫》一字不差地背下来；他还承认，没有《佩德罗·巴拉莫》，就不会有《百年孤独》。

村上春树说他读《了不起的盖茨比》不下二十遍，还把英语原文翻译成日文。他国中（初中）时读《世界历史》三四遍，《卡拉马佐夫兄弟》七八遍，旅行的时候，他总是随身携带雷蒙德·钱德勒的书。

批评家乔治·斯坦纳每年都会重读一遍《李尔王》和《匹克威克外传》。

优秀的通俗小说家，也是以这种阅读方式涵养出来的。金庸读大仲马的《达达尼昂三部曲》和《基督山伯爵》近十遍，《资治通鉴》通读过五遍（就体量而言，这堪称一项壮举），《莎士比亚全集》读过十几遍。他精读过的这些书，在他的小说里都有回响，他自己对此也充满感恩。

中国很多作家，如张爱玲、张恨水、王蒙、贾平凹等等，都把《红楼梦》翻来覆去看过不知道多少遍，几乎对其中的人事了如指掌，宛如亲历。

离开这种熟读精读，空谈什么阅读的技巧、细读的方法，那都是自欺欺人。就跟离开阅读谈写作一样。

我个人最熟悉的作家是陶渊明、契诃夫、鲁迅和J. M. 库切。我把他们的文字读了很多遍，首要原因就是爱不释手。有时心浮气躁，什么书都没法读进去，拿起他们几个人的书，我会顿时心平气和、倍感亲切、如沐春风。读的时候，我并不用什么分析和解剖的方法，只是沉浸其中，不能自拔。久而久之，他们的声音和个性气质会感染我，我会不自觉地在现实中体认他们的感受，带着他们的眼光去读书、生活、写作。

我们还需要很多别的类型的阅读，为了长知识，为了写论文，为了学理论，或者为了备课做讲义，读书的方法都各不相同。但我个人的感觉是，如果没有用这种精读熟读来打底，就很难有精神上的主心骨，读多少书都立不起一个人，他终究只能浮在表面上。

6

关于为什么读小说和写小说，我大体已经表明了我的态度。这当然只是一己之见，绝非不刊之论。

为了避免误人子弟，我在阐明自己观点的同时，一般还会提供一些别的看法以供大家参考。

来自秘鲁的诺贝尔文学奖得主加尔萨斯·略萨认为，小说是以一种间接的方式表达对现实生活的拒绝和批评，这种对现实的怀疑态度，就是小说存在的理由，也正因为如此，小说和文学才能提供真正的时代证词。

他的说法似乎也包含了一点改造自我和现实的意味。

米兰·昆德拉相信，真正优秀的小说的存在理由是永恒地照亮“生活世界”，保护我们不至坠入“对存在的遗忘”。

这是存在主义的说法，不像我这么功利，他们绝口不提改良和提升之类的事。真正的存在主义哲学家海德格尔，对文学和小说反而没有这么乐观，他认为只有生活中脱离常规、接近危机的时刻，我们才能摆脱“对存在的遗忘”，感知到自己的存在，极少数情况下，最优秀的诗歌也可以做到这一点。

昆德拉之所以把小说当作对存在的照亮，大概在他眼里，小说也是脱离生活常规的一种方式。

他还说：“人的愚蠢就在于有问必答。小说的智慧则在于对一切提出问题。当堂吉诃德离家去闯世界时，世界在他眼里变成了成堆的问题。这是塞万提斯给他的继承者们宝贵的启示：小说家教他的读者把世界当作问题来理解。”

这话倒跟我的观点不冲突。看到问题，就是发现和认识。

朱光潜认为，我们写作的理由之一，就是品尝真正的人生乐趣。他在《写作练习》说：“人生最大的快慰是创造，一件难做的事做成了，一种闷在心里的情感或思想表现出来了，自己回头一看，就如同上帝创造了世界，母亲产出了婴儿，看到它好，自己也充分感觉到自己的力量，越发兴起鼓舞。没有尝到这种快慰的人就没有尝到文学的最大乐趣。”

这个说法挺有鼓动性的，对前面的说法算是一个情感上的补充。

博尔赫斯则说得很诗意：“我写作，是为了自己和我的朋友们；我写作，是为了让光阴的流逝使我安心。”

帕慕克在《别样的色彩》里也用这个模式来说明小说对他而言意味着什么："我写作，是因为我天生就需要写作！我写作，是因为我无法像其他人那样做平常的工作。我写作，是因为我渴望读到我写的那类书。我写作，是因为我生你们所有人的气，生每个人的气。我写作，是因为我喜爱整天坐在房间里写来写去。我写作，是因为我只能靠改变来分享真实生活。我写作，是因为我希望其他人、我们所有人以及整个世界都知道，我们在土耳其、在伊斯坦布尔是怎样生活，今后仍将怎样生活。我写作，是因为我喜欢纸张和笔墨的气息。……我写作，是因为我担心被遗忘。"

如果你真正投入小说的阅读和写作，你会发现，他们说的所有这些理由，我们或多或少也都能感觉到一些。

第二日

小说的直觉和逻辑

0

站上讲台的头两年，我拎不清自己的斤两，讲课时有些用力过猛。我模仿书上那些大作家谈文学的样子，务求独辟蹊径、发人深省、语出惊人。为了掩饰才疏学浅的心虚，我只好把能用上的理论工具，一个不少地都套上去，以为多少可以装点一下门面，唬住纯真善良、毫无防备的学生们。我引用海量文献，执着地挖掘作品的所谓深意，巴不得在解读一个短篇小说的同时，把我知道的那点世界史、思想史全给抖出来。谢天谢地，我懂的东西不多。总之，我在课堂上自言自语、自鸣得意。

时间长了，愚钝如我，也终于意识到，台下坐着的年轻人对我阐述经典作品的方式毫无兴致。随便问一个什么作家的作品，大家脸上的表情多半是木然的，遑论艰深理论。只有当我因语速太快，接连冒出几个病句，或者发错几个读音时，大家的眼睛才会突然放光，仿佛心愿终得实现。要是我能头脑发昏，暂时离开那该死的文学话题，冷不丁讲个笑话，或者跟某个学生争论一下女权问题，那就太好了，大家会在瞬间清醒过来，目光炯炯、正襟危坐、如沐春风。可惜，我不能一直如大家所愿。

“你们读过陀思妥耶夫斯基的《罪与罚》吗?”我习惯性地问道。

一阵沉默。

“你们读过鲁迅的《故事新编》吗?”

有同学轻声回答:“读过一两篇。”

“哪两篇?”

“我忘了。”

要再问，就摆明是在找碴了。

所幸，大家都读过《孔乙己》，毕竟那是中学教科书上的课文。有一天，我再次用《孔乙己》举例，讲到叙事手法，嘴里不自觉冒出这么一句:“你们知道，《孔乙己》可以有很多种读法吗?”

同学们当中，有人警觉了一下，大概觉得这话似曾相识。

我在那一瞬间再次意识到，我就是孔乙己。

小说中，孔乙己在咸亨酒店受到成年人的嘲弄，没人看得起他，也没有人认真听他讲那些之乎者也，他只好找半大的孩子搭话。他怎么搭话的?

他说:“回字有四样写法，你知道么?”

你们看，我和他的处境多么相似。我的学生对陀思妥耶夫斯基或者卡夫卡的态度，如同他的听众对这个话题的态度。他们都在想，都什么年代了，还在搞这些名堂。记账肯定是用不上的，如今繁华世界，只有混不下去的人，才会去搞这些老土、过时的东西。

我和孔乙己的态度也是相似的：叹一口气，显出极惋惜的样子。

这究竟是不是鲁迅的本意不重要。孔乙己这个形象，是不是为了讽刺旧文人或旧文化，也不重要。对孔乙己该同情还是批判，也绝非问题的关键。小说的特点在于，作者的声音不应盖过人物本身的形象，一切都是通过刺激我们的感官来呈现，让我们自己去看、去听、去思考、去感受。好比在现实生活中一样，我们目睹眼前这一切的发生，但不一定能得到确切的解释。

所以，我可以从孔乙己身上真切地看到自己。中学语文老师可以从小说中看到旧世界的丑恶。你也可以从小说里读到人心的冷酷，或者读出某种深深的伤感。小说的意蕴因此超过了作者本人的预期，这就是昆德拉所说的，小说的智慧大于作者的智慧。

为什么小说可以做到这一点呢？

再来看看《孔乙己》。它全文只有两千多字，篇幅只算得上微型小说，放到今天，各大文学期刊肯定是不给刊登的，原因是篇幅太短，缺少故事性。然而它却有这么大的力量，属于它的时代已经日益远去，它的力量仍丝毫不见消退。

鲁迅自己说，他最满意的作品就是《孔乙己》，原因是它能“在寥寥数页当中，将社会对于苦人的冷淡，不慌不忙地描写出来，讽刺又不很显露，有大家的作风”。

它是真的“不慌不忙”，真的很从容。这么短的篇幅，能讲什么故事呢？主角孔乙己，要等到篇幅过了四分之一，才慢悠悠登场。之前讲的是酒店的格局、下酒菜的价格、“我”作为酒店伙计的工作内容，以及“我”对主顾们的一点观察，最后，孔乙己作为主顾中间最奇特的一个，很自然地出现了，成为讲述的重点。

叙事的节奏，是循着我们的感官和直觉，一步步带我们走向人物的。它不能生硬，不能直白，不能仓促，不能露出马脚。它没有定法，不同的小说，涉及不同的人物形象和不同的时空，处理的方法就各不相同。

小说的直觉，有人会把它理解成风格，有人会理解成高度成熟的技巧。其实都不是，或者都是。它涉及对文字的敏感度，更涉及对现实和人心的精确把握。它是小说中和诗最接近的东西。说得简单一点，也可以理解成是一种对叙事腔调和节奏的选择能力，使之能够贴合自己和读者的心理，让人在情感层面对文字产生信任，即使你在理性上知道它是虚构的，这些文字还是能畅通无阻，到达你内心最柔软的部分，击中它、撼动它。

既然是直觉，当然无法量化，也不能归纳。它是小说最重要也最不可教的部分。

《孔乙己》这样的小说，按照蹩脚小说家的写法，肯定会用第三人称视角正面描写孔乙己的生活，弄成一个没落旧文人的讽刺剧或者悲惨剧。孔乙己被丁举人打的时候，一定是所谓的高潮戏，肯定要浓墨重彩地写，要写出他的哀号和血泪。如果有一天把《孔乙己》拍成电视剧，不用担心，拍个几十集都是不成问题的，要故事有故事，要冲突有冲突，要高潮有高潮。投资要是再大一点，布景再讲究一点，宣传方就会声称这是一部全景式呈现现代中国样貌的巨制，忠实地还原了鲁迅笔下的世界。

这样的影视作品若果真问世，稍有理智的人可以轻易做出判断，任它说得天花乱坠，终究只是速朽的快消品。而鲁迅那短短的几页小说，无论文化工业的“行情”如何，一定还是不朽的，直到文学消失的那一天。

实际上，整篇小说何其简单啊。总共只写了酒店一个场景，一切都是通过酒店伙计的眼睛看到的，孔乙己只偶尔出现几次，他遭欧打的场面，也是通过酒店顾客的嘴，淡淡提了一句而已。然而，如此极简的写法，却写出了更多的层次、更深的现实感来，不光把孔乙己的遭遇写得清晰明了，更写透了他所生活的那个环境，以及众人的漠不关心。

为什么当你浓墨重彩地去描绘时，有些东西反而丢失了，而当你找准了调子，慢慢悠悠看似随意地勾勒了几笔，那些难以言传的东西反而清晰地浮现了上来？

这才是关键问题。

很多人以为小说就是对生活经验的处理，而所谓的叙事，就是对人物、细节、场景的调度和堆砌。起码《孔乙己》告诉我们，事实并不是这样的，在文字和叙事层面的技巧之上，有更根本的东西在决定着小说的质感，我称之为小说的直觉，是它引领我们接近故事真正的、玄秘的核心。只有事实、理智、技巧和价值观是不够的，没有找到那种直觉，我们走得越远，就会迷失得越深。

1

直觉不可捉摸，难以描述。但逻辑是可以的。

小说的首要逻辑，是用戏剧性的方式表达。用叙事学的话来说，就是能用人物的形象和非作者的语言表达出内容，尽量不用叙事者的语言去描述，除非叙事者本身就是一个关键人物，如《孔乙己》中的伙计“我”。

也就是说，整个《孔乙己》，其实是没有鲁迅的，虽然作为作者他无处不在，但没有一句话是他直接说的。

有些小说，必须出现叙事者的声音，交代一下故事的大体背景，方便我们更快地进入故事，那么，另一个惯常的做法就是，这个交代应尽量简短和生动，且尽量诉诸感官和具体的形象，而非抽象的说明。

契诃夫和马拉默德两位短篇小说大师级的人物（放眼世界文学史，这样的人物也屈指可数），在这方面给我们树立了一些典范。我想用他们的小说《大学生》和《春雨》，来说明小说言说的逻辑，以及小说这个体裁在表达方式上到底有什么特殊之处。

契诃夫的《大学生》和鲁迅的《孔乙己》一样，也是非常简短的作品，译成中文只有两千五百字。鲁迅自称最满意的作品是《孔乙己》，而契诃夫则将《大学生》视为自己最满意的作品。

对自己更简短的作品更加满意，绝非个例。汪曾祺以小说《受戒》《大淖记事》等作品名世，而他自己最满意的却是《职业》，一篇只有两千两百字、重写过三遍、创作跨度三十多年的小短篇。大概写到极致的短篇小说，本来就应该是简短的，语言和意蕴无限接近诗，却又比诗更自然，因而也是最难写的。

对我来说，课堂上用篇幅短的作品来举例，首先出于方便。

契诃夫的《大学生》情节简单至极：年轻的神学院学生伊凡，在一个严寒的耶稣受难日傍晚，又冷又饿，遇到一对母女，她们都是寡妇。大学生在她们的篝火旁取暖，给她们讲述使徒彼得如何三次不认耶稣的圣经故事。故事里，彼得想起耶稣对自己的预言，痛苦地哭了。大学生讲到这里，寡妇母亲也哭了。他起身离开母女，路上思考彼得的眼泪与那个母亲的眼泪之间的关系，他觉得，两者似乎被一条未断的链条联系在一起。大学生心中油然升起一种欢乐之情，因为他感到真与美长存于这根链条，连接着过去和现在，也连接着生者和死者。

这篇小说之所以成立，是因为主人公在特殊的时间、特殊的地点，感受到某种特殊的情绪，从而引发出某种内在的变革。一切都是难以言传的，似乎需要一个无所不能的叙事者，在小说中不断给我们做解说，读者才能进入到这个特殊的情境中去。

事实是，如果契诃夫真的这么做，大段大段地提供画外音，这篇小说将成为史上最糟糕、最稚嫩的习作之一，用来证明大师也经常干傻事，出现在课堂上的原因只可能是作为反面教材。

但作为天才的契诃夫是怎么做的呢？我们来看开头：

> 起初天气很好，没有风。鸫鸟噪鸣，附近沼泽里有个什么活东西在发出悲凉的声音，像是往一个空瓶子里吹气。有一只山鹬飞过，向它打过去的那一枪，在春天的空气里，发出轰隆一声欢畅的音响。然而临到树林里黑下来，却大煞风景，有一股冷冽刺骨的风从东方刮来，一切声音就都停息了。

乍一看，好像这就是叙事者冷冰冰的声音，正在交代故事的前提。而实际上，你仔细看就会发现，它之所以能够在读者心里开始产生涟漪，是因为它的每一句话，都是诉诸感官的，而且都是针对尚未出场的主人公的感官。这既是伊凡本人的耳闻目睹，也是他的内心情绪的流露，所谓叙事者的声音，从一开始就是消融在人物的体验之中的，无法和人物的声音完全区分开来。

接下来，大学生伊凡正式出场了，契诃夫继续引领我们进入伊凡的感官，让我们真真切切地感受他所感到的那种寒冷、饥饿，自然而然地滑入他内省的独白之中，当我们看到他所目睹的贫苦大地时，也就不由自主地跟他一起引发了悲观感慨：

> 不论在留里克的时代也好，在伊凡雷帝的时代也好，在彼得的时代也好，都刮过这样的风，在那些时代也有这种严酷的贫穷和饥饿，也有这种破了窟窿的草房顶，也有愚昧、苦恼，也有这种满目荒凉、黑

暗、抑郁的心情，这一切可怕的现象从前有过，现在还有，以后也会有，因此再过一千年，生活也不会变好。

这一切都不是通过讲道理、摆事实来实现的，“再过一千年生活也不会变好”，如此大而不当的话，换一种方式告诉读者，读者是不会买账的。但在那样的感受之下，它的出现却如此自然。这是因为，小说遵循的逻辑不是理智的，而是感性的。

伊凡开始重述使徒彼得的故事。这个《圣经》中的经典故事，寡妇母女是早就知道的，但伊凡还是用自己的方式娓娓道来。毕竟这是受难日，是耶稣基督遭受背叛和苦难的日子，这个阴郁的冬日黄昏，使人不得不想起那个让全人类无法释怀的傍晚，何况那一天也是这般寒冷，使徒彼得也是这般烤着篝火。

彼得无疑是有罪的。他自以为虔诚，永远不会背叛耶稣，却在耶稣被捕后，为了保命，鸡叫之前三次不认耶稣，恰如耶稣之前对他所做的预言。他听到鸡叫声后，猛然醒悟过来，发出痛苦的呜咽。

讲完这个故事，大学生伊凡叹了口气，陷入沉默。这时他看到：

瓦西里萨虽然仍旧赔着笑脸，却忽然哽咽一声，大颗的泪珠接连不断地从她的脸上流下来，她用衣袖遮着脸，想挡住火光，似乎在为自己的眼泪害臊似的；而路凯利雅呆望着大学生，涨红脸，神情沉闷而紧张，像是一个隐忍着剧烈痛苦的人。

工人们从河边回来了，其中一个骑着马，已经走近，篝火的光在他身上颤抖。大学生对两个寡妇道过晚安，便往前走去。黑暗又降临了，他的手渐渐冻僵。吹来一阵刺骨的风，冬天真的回来了，使人感觉不到后天就是复活节。

这里面有一种诗的味道。我们如同置身现场。你无法用理智的方式告诉我们，为什么寡妇落下的眼泪会让伊凡产生如此大的震动，我们即使在读完小说之后，也不能说出为什么自己受到了触动。是的，我们理解使徒彼得的背叛和悔痛，我们理解寡妇心中的同情和怜悯，我们理解大学生伊凡的悲观和阴郁，我们也能隐隐感觉到这其中包含了人类命运的某些关键要素，但是，我们不能确知那是什么，唯一可以确定的是，随着文字流淌而过，我们脑子里留下了一幅难以忘记的画面，我们从中感到了某种深深的暖意。

他回过头去看。那堆孤零零的火在黑地里安静地摇闪，看不见火旁有人。大学生又想：既然瓦西里萨哭，她的女儿也难过，那么显然，刚才他所讲的一千九百年前发生过的事就跟现在、跟这两个女人，大概也跟这个荒凉的村子有关系，而且跟他自己，跟一切人都有关系。既然老太婆哭起来，那就不是因为他善于把故事讲得动人，而是因为她觉得彼得是亲切的，因为她全身心关怀彼得的灵魂里发生的事情。

历史和人心，无法回避的苦难，原本都是破碎无依、无法治愈的，终于在这样的时刻连成了一个整体，变成一根完整的链条，牵一发而动全身。它可能是转瞬即逝的，它不能用理智去分析和解读，也缺少能够付诸实践的经验价值，它甚至不会让我们产生一丁点改变。但是，那种获得意义的满足感和幸福感，那种关爱一切的悲悯之心，我们在那一瞬间真真切切地体验到了，我们很难用别的方式去体验这种崇高的情感。在我看来，体验过这种情感的人，跟没有体验过的人，一定会在内心深处存在某些重要的差异。

如果有人认为我的想法太过一厢情愿，没有关系，只要记住，我只不过是个新时代的孔乙己，你一笑置之便好。

2

马拉默德的《春雨》，讲述的也是一个很简单的故事。真正的场景也只有一个，就是一个孤独的中年男人，陪着女儿的男友，在春雨中散了一次步。这次散步是他荒芜生活中的一点闪光，他由此跟自己的生活达成了和解。

《春雨》和《大学生》取材的方式都类似詹姆斯·乔伊斯所谓的“顿悟”时刻。就是日常生活中灵光一闪的那些瞬间，我们平凡的生命体验到了震撼心魂的东西，它们都难以捉摸，只有小说和诗歌能够触及。乔伊斯本人的短篇小说集《都柏林人》，几乎全是由他生命中的顿悟时刻组成，写得隽永而诗意，是一部罕见的天才之作。

《春雨》的主人公乔治·费舍尔，很多基本信息作者都没有提及，比如他的职业、他的年龄、他的相貌、他的收入情况等等。但我们读完小说之后，完全不会觉得这个人形象模糊，恰恰相反，我们觉得他简直成了我们的老熟人。

什么该写，什么不该写，叙事者的权衡标准，仍然在于我前面提到的：是否有利于我们的感官以最快的速度接近小说的核心。那些干巴巴的信息，在日常语言中似乎是必要的，但在小说里，却成了阻碍。

看看《春雨》的开头。

> 乔治·费舍尔已经醒了，但仍然躺在床上，他想着在十二街目睹的那次车祸。一个年轻人被一辆汽车撞了，他们把他送到百老汇街的一家药店，药店店主对他无能为力，所以他们只好等救护车。那个年轻人躺在药店后面店主的桌子上，两眼望着天棚。他心里明白他活不成了。
>
> 乔治深深地同情这个人，他看上去不过二十八九岁。他对待这次事故的那种坚忍态度让乔治确信他是个很坚强的人，他知道这个人并不怕死，他很想告诉他，说他也不怕死，可是这几个词就不知该怎样从他那两片薄薄的嘴唇中说出来。乔治回家去了，心中一直还憋着这句未说出口的话。

你看，不需要叙事者用画外音去解释乔治的处境，而是用小说的逻辑，让我们直接代入一个具体的情境，然后我们就以最自然的方式，了解了乔治最关键的信息：他的敏感、他的孤独、他的悲悯，以及他对生活的疏离。这些特质是最难以解释清楚的，而马拉默德的表达方式如此轻巧而准确。

这真是一种大家风范。而学生习作的最大问题，就是不断地解释、不断地交代，作者的声音无处不在，让人烦不胜烦。

你再看接下来的叙事。

> 乔治回到他那间黑暗的屋子，躺在床上，听到他女儿弗洛伦斯把钥匙插进锁里的声音。他听到她悄声对保罗说："你不进来待一会儿吗?"
>
> "不，"保罗说，过了一会又说，"我明天九点钟有课。"
>
> "那就再见吧。"弗洛伦斯说，然后她使劲地把门关上。
>
> 乔治想，同弗洛伦斯出去的这个小伙子可真是个数一数二的好孩子，和他在一起，弗洛伦斯可真是一点格儿也出不了。她有点像她妈妈，不知道该怎样和好人相处。他抬起头看了看贝蒂，还以为她醒了，因为他刚才自言自语的声音太大了，但她却一动不动。

作者没有冒出一点声音，在如此简短的文字内，我们看到小说中所有的人物悉数登场，一点防备都没有，就了解了所有人物之间微妙的关系，我们已经对乔治的生活产生了浓厚的兴趣，因为他与自己的环境、家人是如此的格格不入，我们从中看到了所谓的“戏剧性”，看到了某种困境和挣扎。

接下来是他的自言自语。他跟书里的人，跟那个死去的年轻人，跟妻子和女儿，都在诉说。这些诉说是真挚的，也是动人的，是他生活的内里，但他却从来没有真正说出来，即使说出来，也不会有人倾听。

看看他在内心对妻子的诉说：

> 有一回你让我说了话，但是那不是你，而是海，是那黑暗，还有那水拍打桥墩横梁的声音。正是这些富于诗意的东西让我想起了人是多么孤独——我说这些是因为你是那么漂亮，深红色的头发，我害怕，因为我个子矮小，嘴唇是那么薄，我害怕我得不到你。你并不爱我，可你却说爱，因为我住在河滨路，因为你可以有一套公寓，还有两件毛皮大衣，还有人们到这儿来是为了玩桥牌打麻将。

如果你觉得这些文字平平无奇，那就太令人心碎了。它奇妙地将多愁善感的情绪与结结实实的日常语境，毫不费力地糅合起来，构成极富表现力和诗意的人物语言。这是真正的小说语言，充满着小说的直觉和逻辑。如果整篇小说都是由这样的语言构成，一丝不多，一丝不少，那它就一定会是一篇杰作。

《春雨》正是这样的作品。

妻子和女儿都不在的时候，保罗来了，得知弗洛伦斯不在，保罗提出一个奇怪的要求，问乔治愿不愿意跟他一起出去散步。

乔治非常激动。他当然会去。

外面下着春雨。

保罗一直在讲话，他讲他在哥伦比亚大学的教授们的故事，引得乔治哈哈大笑。当保罗告诉乔治说他现在正在学习建筑，这让他很吃惊。他把他们路过的各种房子的各种细节以及来龙去脉说得一清二楚。乔治很感兴趣，他就是很想知道事情的来龙去脉。

他们把脚步放慢下来，等候车辆停下来，再穿过河滨路，去百老汇街的一个酒馆。保罗要了一份三明治和一瓶啤酒，乔治也要了同样的一份。他们谈起了这次战争；乔治又要了两瓶啤酒，他和保罗一人一瓶，接着又谈论起了人民。乔治向这个孩子讲了在药店里死去的那个年轻人的故事。当他发现这个故事让保罗深受感动时，心里有一种说不出的高兴。

两个人相谈甚欢。如果不是有前面的铺垫，这样的场面就什么都不是。但因为我们已经了解了乔治，所以我们很清楚，这对他而言意味着什么——意味着他终于开始说话了，意味着他终于感觉到这个世界跟自己有关系了。他没有被排除在所有事物之外，他的孤独并非如铁桶一般将他禁锢。

然后，保罗谈起了弗洛伦斯，气氛才开始有些尴尬。

乔治有些不安，并且有点害怕。他怕这个孩子可能会告诉他一些他不想知道的事情，这样一来，他的好时光就会一去不返。

保罗告诉乔治，他不爱弗洛伦斯，不知道如何跟她相处。幸而，这些事乔治早就知道了。

他们冒雨往回走。当他到家时，妻子和女儿都已经睡着了。他仍然感到莫名的激动。他在黑暗中听着音乐，望向窗外。

> 处处都飘落着春雨。落在一望无际黑黝黝的泽西河岸上，落在奔腾流淌的河水里。在街的对面，雨点拍打在高大的枫树叶子上发出单调的声音，灯光下看得出湿漉漉的，在风中摇摆着。这时风大雨急，冷雨洒窗，乔治感到泪水已流到了腮边。
>
> 他内心中涌起一股强烈的欲望，渴望要说话。他想要说他从来没有说出的话。他想要告诉他们他发现了自己，而且再也不会失落，再也不会沉默。他又一次地拥有了这个世界，而且是那么爱它。他爱保罗，他爱弗洛伦斯，他也爱那个已经死去的年轻人。

乔治此时一改往日的作风，敲开女儿的房门，想分享他的爱和欣喜。但话到了嘴边，他终究还是说不出来，只淡淡说了保罗来过的事。

> 弗洛伦斯叹了口气，又躺下了。风在吹着，春雨还敲打着窗子，他们听着雨落在街上发出的声音。

小说结束了。如果小说在乔治敲门之前结束，停留在他爱意满满的时刻，我们会高度怀疑，他从乔伊斯的《死者》那里搞到了这个结尾。但马拉默德没有。他的结尾指向了自我救赎后的无所适从，也指向了一个新轮回的开始，从而使这篇小说的韵味更加复杂而多变了。

3

很多的写作指南册子，强调小说需要冲突，需要悬念，需要出人意料的结尾，如此等等。这样讲，并非不对，但也容易使人矫枉过正，让人以为小说就必须是闹哄哄的东西。

《孔乙己》也好，《大学生》也好，《春雨》也好，因篇幅短小，看似没有明显的冲突和悬念，其实不然。这三篇小说都涉及人与其所处环境的冲突。也就是说，它们的主人公都与自己的环境格格不入，较上了劲，形成了张力。这股张力就是悬念的来源，我们想知道，他们无声的挣扎会有什么结果。这里的冲突，是隐秘的冲突，因而是高级的冲突。

两个凶神恶煞的人争吵、不共戴天的仇人怒目而视、一触即发的婆媳关系、正义使者遭遇邪恶的敌人……如果把小说的冲突理解成这些东西，那就真是误入歧途了。

如果一定要说冲突（毕竟那么多的写作教材已经把它弄成了共识），我们应该更多地关注人与自我的冲突、人与环境的冲突，最后才是人与人之间的冲突。而人与人之间的冲突，着力点应该在其个性和价值观的冲突上，而不是其身份和行为的相互抵触。这样才能更好地深入小说的逻辑之中，形成小说独有的氛围。

确实，如果篇幅再长一些，长到中篇小说，甚至长篇小说的长度，对冲突和张力的要求就更加明显，人物的行动能力需要增强，诗的浓度会下降。但有些东西在小说这个体裁中是不会变的。

比如一种叫情境意识的思维方式。

用一句话来说，情境意识就是在场感。我认为，在小说的逻辑中，重要的不是发生了什么，也不是怎么发生的，而是我们有没有目睹它发生。

当你浓墨重彩地描写孔乙己被丁举人打的时候，我们是无法进入现场的。因为我们的感官被这种庸俗的戏剧性场面拒绝了。我们无法进入，不能相信虚构的这一幕，我们的审美直觉会提出严厉的质疑。

而当你用酒店伙计的、令人信服的口吻，轻描淡写地告诉我们孔乙己是如何用那双手爬来酒店时，我们成了现场的目击者，久久不能忘怀那幅画面，内心涌起各种复杂的感受，根本没有任何质疑的余地。

当你直白地告诉我有个年纪轻轻、悲天悯人的大学生从寡妇的泪水中重新找到了信仰的力量和爱的能力时，我是毫无感觉的，只有一肚子问号。而当你悄无声息地把我们代入那一刻，那一时空，那个年轻人的内心，让我们跟他一起亲历这一幕，我们却能体会到那温柔时刻的感动。

4

契诃夫说，好的故事背后，总是藏着另一个故事。

当代中国作家王十月来我们这里讲课，也跟学生们分享过他创作小说的一个心得，就是想到一个好故事、一个好人物的时候，不要急于动笔，要养着它，等到又出现一个好故事、一个好人物时，你想办法让这两个故事、两个人物产生交集，放入同一个情境中去，看看会发生什么。这个时候，一些让你自己意想不到的、令人激动的化学反应往往会迸发出来。

我自己呢，常在阅读和写作小说的时候，把这种隐藏的内容称为景深。这是另一个重要的小说逻辑：意味深长的情境需要一定的景深。

《孔乙己》的故事中，孔乙己作为一个虚构人物，他真正的人生是隐藏在叙事之外的，无须提及。

《大学生》中的伊凡，毫无疑问是个有故事的人，他为什么会读神学院，他的抱负是什么，他在成长过程中遭遇过多少幻灭，都无须提及，我们能够感受到。

《春雨》中的乔治，在这篇小说所讲述的故事之外，度过了很有戏剧性的人生，他一出场就已经历尽沧桑。

这些构成了小说的景深。蹩脚的小说家会把景深当成故事本身，事无巨细地编排成情节，全部交代给读者。他不知道，他已经把立体的容器压扁成了一个平面，根本无法留存任何流动的东西了。

5

契诃夫通过虚构的大学生，虚构了一个“实验性的自我”，正如昆德拉在《小说的艺术》里所宣示的：“每一时代的小说都和自我之谜有关，一旦你创造出一种想象的存在，一个虚构的人物，你就不由自主地面对一个问题：什么是自我？怎样才能把握自我？这是小说之作为小说的基本问题之一。”

《春雨》讲述的，实际上也是“自我”的遗失和寻回。

我在阅读《孔乙己》的时候发现了自我，也绝不是毫无由来。鲁迅在写作那些具有悲剧性、讽刺性的人物时，也一定从自己身上获取了某些特质。就像果戈理说的，你们不要乱猜我的人物原型了，那些讽刺小说里形形色色的人物，他们身上那些最不堪的品质，首先是从我自己身上取材的。

小说一定要有自我。要与自己的痛痒相关，才会与读者的痛痒相关。也只有这样的文字，才不是轻浮的游戏之作——鲁迅称之为“帮闲文学”。并不存在真正的自然主义文学，至少我没有见过。也没有所谓的无我之境。所谓的无我之境，实则是大我之境。

历史学家钱穆在谈诗时颇有见地，他说好的文学在于，文字的后面是不是站着一个人。

人的格局，就是小说的格局。文学是人学。

这是小说另一个重要的逻辑，也许只是我个人这么认为，但我坚持这一点。这个问题并不简单，我打算接下来在关于小说情感触发机制的课程中，集中讲一讲小说中的“自我”问题。

第三日

小说的诚与真

0

有一次在课堂上，大家讨论鲁迅的《伤逝》。

甲同学说：我觉得这个叫涓生的，实际上就是个渣男，是他引诱了子君，然后在生活的重压之下，又无情地抛弃了她，他必须为子君的死负责。真正的爱情，在面对那些残酷的现实问题的时候，是不会低头的，即使要死，也要一起去死。他把自己那毫无可取之处的生活，看得比爱情、比子君的生命还重要，这样的人，我没办法不憎恶。

乙同学说：涓生的问题在于，他意识不到，对子君来说，在那段未婚同居的生活之后，她除了死路一条，再没有别的出路。作为一个男性，他无法体会到女性的绝望，社会强加给女性的那种毫无出路的绝望。

丙同学说：子君也不是完全无辜的。她在那样艰难的处境之下，为了满足自己的虚荣心，还要坚持养油鸡，跟邻居攀比，把自己的生活弄得更加糟糕。她本应该超脱一点，分清楚什么重要，什么不重要，守护好爱情，先生存下来，也许一切还有挽回的余地。

丁同学说：你们全都搞错了。如果子君真的是明智的，一开始就不应该跟涓生同居，不该在那个时代相信任何男人，那等于是把自己的性命交给一个未知数，注定了没有好下场。要么遭到抛弃一死了之，要么委曲求全忍气吞声过日子，没有别的可能了，因为她们没有自己的生活。

…………

这样的课堂讨论，有时会引发激烈的争论，面红耳赤都是有可能的。大家都非常认真地对待小说中的人物，完全忘了他们其实并不曾存在。通过这些人物，大家来阐释和捍卫自己的价值观，来表达自己对人生的理解。

着急的时候，有同学叫道："你的这种观点，说明你的人生观是扭曲的！"

"我也认为你的人生观是一种扭曲。"

另一个同学会站起来，仿佛主持公道似的，说："谁有权利判断别人的价值观是不是扭曲的呢？标准在哪里呢？"

如此等等。

可想而知，作为一个"老油条"式的小说读者，我没有办法忘情地投入其中。在这种情况下，我会想起自己遭遇过的一个经典悖论。

我问一个同学：你为什么要买限量版球鞋？

答：因为它让我觉得特别。

再问：为什么它让你特别？

答：因为很多人都想要，而能穿上脚的人很少。

再问：为什么大家都想要？

答：因为它是限量版。

你看，这是一个死循环。绝大部分人讲道理的时候，就会陷入这个循环。这样的交流，毫无疑问是无效的，语言成了一股偏见之流，无法触及问题的实质。真正的交流，还是要借助一些基础的工具和方法，这也是我们之所以要学习人文学科的原因。

具体到小说中，如果我们把小说中的真实，等于同现实中的真实，就会遭遇死循环。绕过来绕过去，无非还是回到原点，纠结于我们日常生活中那些永远扯不清的鸡毛蒜皮。小说如果只是以这种方式来反映真实，就没办法真正让我们得到提升，不论是在审美层面，还是在现实层面。

同学们对《伤逝》的讨论到达高潮之际，我透露了一个信息：周作人字字铿锵地认定，他哥哥这篇《伤逝》的主题，是哀悼兄弟恩情断绝，且他深信自己的判断是不会错的。

同学们面面相觑，完全无法认同。有同学说："周作人的话太不可信了。"

我略微迟疑地说："其实，我也有这种感觉。"

那一刻我觉得，大家看我的眼神都开始有些异样了。

我的感觉并不来自那些小说背后的事实，比如 1925

年 10 月 12 日的《京报副刊》上发表了周作人的一首译诗《伤逝》，是一位罗马诗人哀悼自己的兄弟的诗作。而在周作人的译诗发表后第九天，鲁迅就写下了这篇叫《伤逝》的小说，且并没有单独发表，直到第二年收入《彷徨》。

我的感觉实际上来自对情感触发点的一种直觉。一个写作者，在某一个时期写下一篇文字，如果它是真诚的，就必然会由内心深处某种强烈的情感所驱使。纯粹的观念或现实考量，很难构成完整的文学作品。而在《伤逝》中，我分明看到了一个处在真正哀悼氛围中的鲁迅，这是不容置疑的。而在 1923 年 8 月之后，他内心深处只有一个最大的隐痛，此前他的很多文字都在刻意回避，但终究会有面对的一天。《伤逝》中放纵的哀悼，不会是别的东西在释放，尤其是对于一个喜欢克制悲痛的人而言。

那么，我赏读《伤逝》的时候，是在品味他对兄弟恩断义绝的哀悼吗？肯定不是。我也确切看到了涓生和子君的爱情悲剧，完完全全被他们的故事所吸引、所触动。一定要我说出自己被哪些东西所吸引的话，将是极其困难的，在阅读优秀作品时，我们对修辞、情感、观念、思想、音韵、意境等的欣赏，其实是同步的，是一个复杂的过程。我们从中既会看到现实层面的意义，也能感觉到虚构艺术的美妙；我们既能被作者和人物的声音所打动、被作者在文字背后的情绪所感染，也能看到它与其他所有文学作品的互动和博弈。

如果我们只把涓生和子君当作日常流言蜚语中的左邻右舍，当成现实世界里某对命运不济的小情侣，那无疑把作品看小了。即使他们是活生生的真人，其生命力也远小于伟大小说中的虚构人物。作为读者，我们也会因此错过太多美好的事物。

诚然，如果一篇小说没有做到基本的真诚，这些问题就都不存在。如果你的人物不能令人信服，你的情感不够真挚，读者是不会参与进来的，他也不会把自己的价值观附着到人物身上去。

而这个所谓的真诚，既是基本前提，又是最高追求。

我们曾在课堂上讨论过一篇网络小说，小说的大体内容是一个有特异功能的女孩子，她从十岁开始就能看到每个人死后的情形，有一次她遇到了一个男孩，知道这个男孩会在很年轻的时候死去，但她还是在几番自我抗争之后，义无反顾地选择和他在一起。

我发现大家在讨论这样的小说时，根本不会把现实和虚构搞混，也完全不会在这样的故事里捍卫自己的价值观。他们反复讨论的是人物设定的合理性、情节的逻辑是否成立等等。他们之所以难以进入小说世界，并不是因为这篇小说不是现实题材——我们在讨论卡夫卡的《变形记》时，每个人都能设身处地为可怜的格里高尔·萨姆沙出主意，对他的生活方式做出各种判断。根本原因在于上面那篇小说没能让我们感到信服，我们不能体会到那个女孩的爱情，以及她的挣扎。我们始终置身事外。

有个相反的例子。我给大家出过一个写作练习题：用现实主义小说的笔法改编一篇经典童话。有个同学提交了名为《睡美人》的作品，用一个男孩的视角，讲述他坐火车时遇到一个女孩，睡在他身旁，怎么都醒不来，火车上的人都把他们当成情侣。他回想上车之前跟她的交谈，知道她身体很强健。由于已经过了她要下车的站点，最终，男孩只能将女孩背下火车，把她安顿在一间旅馆，犹豫着要不要报警或者叫医生。出于一种冲动，男孩亲吻了一下女孩，结果女孩露出笑容，醒过来了。

这篇小说博得满堂喝彩。这是一篇不俗的爱情小说。大家开始讨论女孩的性格，她到底是在什么时候决定对男孩进行这样的一番考验，以及她为什么认定这个男孩值得一试。我们都知道这是一篇虚构作品，但并不妨碍我们相信作者塑造的人物形象。因为整篇小说都极具说服力，火车上的细节、周围乘客的反应、适时插入的闲笔，都使小说充满现实感，而人物的心理、性格、行为都有高度的连贯性，且都是以最为自然的方式呈现出来的，不知不觉中，就使读者代入到了他们的感受之中。

这篇小说的真实来自细节，来自情感，来自对氛围的把控。这些东西很难造假。小说中涉及的情境，可能是作者曾经在坐火车时做过的一个白日梦，或者就是从自己经历或目睹过的相似场景中取材的，只不过进行了艺术的加工和虚构的扩展，使故事的戏剧性更加突出。

1

这就是我的一个观点：写作者把故事建立在自己的情感触发点之上，就容易做到真诚，做到全情投入。这个触发点可以是空间的、时间的、主题的、情感的，也可以是人物本身。每一个写作者都会对某些特定的要素产生强烈的表达欲，那个要素就是触发点。

这就是为什么很多优秀的作家，只能把自己的小说设定在有限的几种空间环境之中。福克纳的想象，离不开约克纳帕塔法。莫言的故事，一旦脱离高密东北乡，就会显得局促、不自然。石黑一雄对年代久远的建筑情有独钟，一再把自己的小说背景放置在这样的房子里。库切的主人公不管怎么逃离，最终都会走向一片浅草沙漠，那是他度过童年时代的地方。鲁迅虽然很早就离开了故乡，但他的小说很难离开绍兴和鲁镇。

这是因为，我们的想象力并不是完全自由的，它需要真实材料的滋养。

时间上的限制，也是显而易见的。鲁迅只有在特定的时候，才会写下《朝花夕拾》《野草》中的篇章，这些文字绝不是任何时刻都可以写的。因为在特定的情境之下，才会触发那些情感。过了那个时间点，有些东西就永远不会再写。即使写，那也是另一种成色了。人本身处在不停的变换之中，写作的情感触发点也在不断地转移。

当我读卡夫卡《变形记》的时候，隐隐有种感觉：卡夫卡有个妹妹。一查，果然有，而且兄妹俩关系很密切。后来我发现有的评论家也发现了这一点。如果再去看卡夫卡的日记，你会发现，在写《变形记》之前，兄妹俩闹了一点点不愉快，这就可以解释小说中叙事者对妹妹既责备又怜惜的那种感觉了。这种感觉是难以言传的，但绝对真实而且自然。一方面，他写出了妹妹对甲虫的厌恶和恐惧；另一方面，又写出了她的天真和善良，当甲虫死去时，我们看到卡夫卡将镜头对准了妹妹：

> 葛蕾特目不转睛望着尸体说："你们看，他多瘦呀。这么长时间里他什么东西也没吃，食物拿进去了，又原封不动地拿了出来。"

我仿佛能读到卡夫卡本人的心酸。正是这些阅读中微妙的感觉使我相信，《变形记》的一个重要触发点，就是现实中卡夫卡和妹妹之间的某个分歧，就像《判决》的触发点就是卡夫卡和父亲的一次争吵一样。

即使是通俗小说，在我有限的阅读经验中，如果写得优秀，一样是由情感触发点发散开来的。为了最大程度地调动自己的情感力量，有时我们需要在虚构中注入这些触发点，带动那些细节和想象，使小说中的世界变得如同真实的回忆一样饱含情绪和欲望。

那么，这种情感的触发点，对写作者而言，是被动接受的既定事实，还是主动寻求的结果？很难说。但成熟的写作者，肯定会掌握一套调动这些触发点的方法。

村上春树是一位多产的作家，他常用这样的方式调动情感："我有一个双胞胎弟弟。两岁那年，我们中的一个被绑架了。他被带去一个遥远的地方，从此我们再没见面。我认为，我的小说主角就是他。"

当然，这样一来，他小说中的人物很多都是相似的，事实也正是如此。但这并不构成一个问题。很多作家一辈子都在写同一类人物。

无独有偶，土耳其作家奥尔罕·帕慕克也在用这一招，他在小说中不断利用那个不存在的双胞胎形象："我从小就被这个想法迷住了，它使我忧郁，使我陷入沉思：在伊斯坦布尔的某个窗户里，另一个我，另一个奥尔罕，正在过着我从未经历过的生活。我强烈地想要知道那是怎样的生活，并且把它们写下来。"

"村上春树"们和"帕慕克"们对自己的回忆分门别类，并毫不吝啬地将它们赋予小说中那些跟自己颇为相似的人物。这是他们高产的秘密。村上春树说："我的回忆就像一个柜子，柜子里面有很多抽屉。当我想回到 15 岁的时候，我打开某个抽屉就能看到自己在神户的少年时光。我可以闻到那时空气中的味道，可以触到那时脚下的土地，可以看到那时苍翠的树林。这就是我想写作的原因。"

2

上面的办法，帮助写作者渡过的，确实只是第一道关卡：让自己投入。

写作者对自己所写的内容是否真正熟悉和热忱，他的诚实是不是包含一种叫作勇敢的气质，就是后面的关卡需要解决的问题。

在现实层面，我们仅赋予人物以血肉，毕竟是不够的，我们还要赋予他们一颗真正的头脑。

再伟大的写作者，往往也只对很少的几类主题有自己独到的思考，对其他的领域，他无动于衷，或者保持沉默。只有蹩脚的作家，才会装作自己对所有的问题都在行，让他（她）的人物插手所有人类事务。说到底，我们每个人都只对特定的主题充满激情。

如福楼拜，他对庸俗浪漫主义格外激动，会用细致的目光打量这类人物，他自称他的写作是想清算自己的浪漫主义倾向。他在包法利夫人身上，投入了太多自己的情感，我们有时候无法分辨，他到底是在批判她，还是在同情她。

如契诃夫，他的大多数小说都在诉说一个简单的事实：普通人承受不了普通的生活。这是因为他自己在生活中到处都看到孤独、困苦、贫穷，每个清醒的人似乎都在跟什么东西做着困兽之争，而且绝无胜出的可能；与此同时，我们又被那些充满希望的爱情、理想、温情所打动。契诃夫想写出他的困惑和忧郁。

再比如托尔斯泰，他对自我救赎的理念格外痴迷，《战争与和平》中的皮埃尔、《安娜·卡列尼娜》中的列文、《复活》中的聂赫留朵夫，都是他的自我投射，因为他在别的人物——不论是现实的还是想象的，都没见过真正的、他想要的那种原型，所以他在这些人身上加入自己的成分，让他们去完成自己尚未完成的自我救赎。他对这个理念的执着，是因为他相信，如果自我救赎不能成立，那么所有的宗教、艺术和教育，都是空谈。它关系重大，让托尔斯泰无法释怀。他在塑造这样的人物和其所处的小说世界时，会投入巨大的真诚，每一个读者也都能感受到这一点。假的真不了，真的假不了。

有些题材属于你，有些则不属于。认清这个事实是困难的，也是睿智的。

在多数人的习作中，最常见的还是欺骗：有意无意的自我欺骗，或者欺骗读者。

朱光潜说，所谓说谎，有两种含义：第一是心里那样想而口里不那样说，其次是强不知以为知。

在写作中，第二种情况最常见。比如，很少有同学愿意写家庭和校园题材，他们都把想象投注在自己从未体验过的领域。他们写假想中的职业经理人、服装设计师、旅行家和白领职员，灵感并不来自生活，而来自影视剧和网络小说。习作中经常可以看到这样的场景：某个海外学成归来的高才生，坐在摩天大楼的办公室里喝着卡布奇诺，批阅着重要文件，时而观赏窗外城市的落日景观。这类形象和场景，阻碍了写作者投入真情，也无助于现实感和原创力的增长。

当然，也确实有人写作的动机就是想超脱于现实。比如有同学想写科幻故事，以为这样就可以架空现代社会，但实际上即使是科幻小说，也需要关心最新的高新科技的发展，塑造人物的时候也不能完全脱离现实人际关系。最终，你写作水平的高低，还是由你对人类社会的洞察力和思考深度来决定的。没有任何现实依托和指涉，纯粹凌空蹈虚，没办法打动读者，写作者自己也无以为继。

初学写作的人，往往倾向于在文字中隐藏自己的本性，试图塑造一个不同的自我。比如有同学平时是个段子手，写起文章来却总是苦大仇深，开口闭口就是国计民生、公平正义，这是因为他们还没有把写作当成一种真正的表达，恰恰相反，他们将写作当成了一种伪装的面具。

也有同学看了些写作方面的教材，脚踏实地写起了自己所了解的县城生活，但这种选择并非出自真正的兴趣，平时也缺少对现实社会的观察，笔下的人物就很像纸片人，县城中的主人公可能叫伊丽莎白或乔治，故事的场景集中在咖啡馆和酒吧，情感的高潮往往是失恋和落泪。

不光是初学者，成名的作家有时也会忽视真诚的重要性，将故事当成小说的唯一目的。有知名作家曾在讲座中透露，为了让故事更吸引人，他可以随时让主人公跟另一个人物上床，或者突然反目，或者发现彼此是失散多年的兄妹或姐弟。一切都只为符合冲突的需要、剧情的需要，人物关系越拧巴越好，这样才会到处“有戏”。至于我们在这里提到的什么真诚和情感，在他那里没有丝毫分量。

当故事的可读性成了最高标准，小说其实很容易掉进俗套里。后面我们讲“所谓的故事”时，大家会发现，其实故事的类型、冲突的种类，都是相当有限的。肥皂剧和通俗小说已经将那些桥段和冲突用得太多太滥了，我们找不出一个真正独一无二的故事情节。所以，文学真正的创造力和想象力，并不体现在这一方面。

还有一类作家，他们自以为是诚实的，实际上却在无意中撒谎。他们描写的人物和环境，看上去好像都是我们这个世界真实存在的，但因为作者缺少对现实人生的深入认知，缺少经验上的广度和深度，导致他们只看到某些表象而误以为那就是全部的真相。

毛姆的《人生的枷锁》中，有个叫海沃德的人物形象挺符合这类写作者：

> 对于菲利普来说，世上再不会有比与海沃德为伍更糟糕的事了。海沃德这个人带着十足的书生气来观察周围的一切，没有一丁点自己的想法。他很危险，是因为他欺骗自己，达到了真心诚意的地步。他真诚地错把自己的肉欲当作浪漫的恋情，错把自己的优柔寡断视为艺术家的气质，还错把自己的无所事事看成哲人的超然物外。他心智平庸，却孜孜追求高尚娴雅，因而从他眼睛里望出去，所有的事物都蒙上了一层感伤的金色雾纱，轮廓不清，结果就显得比实际的形象大些。他在撒谎，却从不知道自己在撒谎。当别人点破他时，他却说谎言是美的。他是一个理想主义者。

我们都知道，毛姆是个挺刻薄的人。说实话，一个作家如果不刻薄，是个人人夸赞的老好人，那肯定是个可怕的、平庸的作家。毫无疑义鲁迅是现代文学的第一人，同时也是受到攻击最多的人。即使我们今天对鲁迅文学作品的经典地位毫不质疑，但每个人都知道他不是一个完美的人。他确实刻薄、易怒、毫不留情，不是一个圣洁无瑕的人。

一个写作的人，如果足够真诚，就意味着不能四平八稳、八面玲珑，要敢于冒犯，冒犯自己、冒犯他人。太多的写作者被主流观念裹挟、被团体的意志所控制，写一些言不由衷的话，假装自己公允、客观、真理在握。这对文学而言，肯定是最大的虚伪。这种虚伪一旦形成习惯，就很难再改掉。

海明威对此有过明确的说明：

> 好的创作是真正的创作。如果某人创造一篇故事，忠实于他所了解的生活的知识，而且写得有意思，那么他创造的东西会是真实的。如果他不知道人们怎么思想、怎么行动，他运气好也许会解救他于一时，或者他可以幻想。但如果老是写他不了解的东西，他会发现自己在说假话。他说了几次假话之后，无法再诚实地写作了。
>
> （《同“音乐家”的一席独白》）

3

朱光潜曾经认为，最好的文字是写给自己的，其次是写给最亲近的人的，然后是写给三两知己的。一旦面对公众发言，难免言不由衷。

在他这里，判断好坏的标准，就是真诚的程度。写给自己看，伪装最少、粉饰最轻、名利心最淡。当然，也有例外的，有些大人物在写日记、笔记的时候，预先知道后世要来翻阅，不管写什么，从来就没有卸下过面具。

在叙事作品中，情况就有所不同了。当阿列克谢耶维奇写下：

> 我来到一个村庄，看到一个从战场回来的疯少

> 年。我来到公墓，那里安葬着牺牲了的空降兵。将军们在致悼词……乐队在演奏……我发现：这是成年人串通一气的行为。只有一个小姑娘尖声细嗓地发出了其他声音：“爸爸！亲爱的爸爸，你答应我回来……”她妨碍别人发言，被从棺材前拉走，像拉走一条小狗，把她带到什么地方去了。我明白了，站在墓前的人们当中，只有这个女孩子是个正常的人。
>
> （《锌皮娃娃兵》）

她并不是对自己说话，更像是对所有人言说。但我们仍然能够感受到她强烈的真诚和勇气。因为这种写作是出于一种必要，一种不得不发出来的呐喊，它顾不上伪装、粉饰，也少有功利之心，比起自我倾诉更加诚恳。

如果一篇小说用自言自语的方式来叙事，反而容易显得虚假。鲁迅说，他愿意读《红楼梦》，但不肯翻新出的《林黛玉日记》。自言自语更适合诗歌和散文。说到底，小说体裁比散文和诗歌具有更多的公共属性。

既然有公共属性，写作者不可避免要在作品中传达一个自我定位：你写给谁看？你写的东西跟你自己、跟读者有什么关系？别人为什么要来读你的小说呢？

我不太赞同高行健的说辞，他在诺贝尔文学奖的致辞里说，艺术家只管按照自己的想法去创造，别人怎么看、怎么想，那是根本无须考虑的事情，即使没有一个人欣赏，对艺术家和他的艺术而言，也是毫不相干的。我知道他的意思是对艺术商品化的反抗，是对艺术家独立性的强调。但这样一来就很容易把话说过了头，弄得矫枉过正。

把艺术等同于商品，艺术就不是艺术了；把艺术等同于自言自语，也绝对不是艺术。

再说了，当我们强调艺术的独立性和反商品化时，不正是对目标人群的锁定吗？它仍然清晰反映出作者对自己的定位和读者的定位。

所谓搞清楚自己的定位，目的不是要你去讨好读者。恰恰相反，这种定位是为了方便你及时矫正那些言不由衷。

如果你一心想在文字中讨好自己、讨好别人，那你谁都讨好不了。而如果你下定决心袒露心扉，讲掏心掏肺的话，讲你自己偷偷想过很多次，但从来不曾诉诸语言的话，你会发现自己获得了快乐、加深了对自己的认知，这样的文字也会自动找到它的读者，并引起他们真正的共鸣。

4

其实人很难在文字中隐藏真正的自己。最好的办法，就是面对它，坦荡一点，不要遮遮掩掩，也不要耍小聪明，挤眉弄眼。

托尔斯泰是伟大的小说家，但他绝对不是完美的人，而且，最可贵的是，他从来不掩饰自己，不会迎合世俗观念（也就是今天的“政治正确”），敢说敢写。这种诚实，才是他伟大的原因，是他抵达文学之核心所在的动力。当他开始在小说中长篇大论地说教时，我们都很烦他，但不会否认他的伟大。

在《克鲁采奏鸣曲》中，他探讨性爱和婚姻的问题，袒露了他的心声：

我相信将来总有一天，也许不要很久，人们会醒悟过来，并且感到惊奇：我们的社会怎么能容许女人以刺激肉欲的打扮来扰乱公共治安？因为这无异于在大街小巷设置各种陷阱，甚至比这还要可怕！为什么要取缔赌博而不取缔袒露胸臂出卖色相的女人？她们比赌博还要危险一千倍！

我们今天看了，一定会觉得滑稽。他老人家也太古板了，放到今天，十有八九要被广大女性读者唾弃，网上会有人对他发起联名抵制。

你看看他还说了什么：

要是人生的目的像先知预言的那样，人类要用爱来融为一体，要化干戈为玉帛，那么是什么在妨碍我们达到那个目的呢？是欲望。在各种欲望中最强烈、最可恶、最顽固的要算是性欲，或者说肉体的爱。

同一篇小说中，他还说：

音乐只能挑动人的感情，不能使人做出什么结论来。

当然，他是通过人物的口来说这些话的，但我们不是傻子，很清楚这是托翁的自我表达，他就是为了表达这些东西才写小说的（这是他的触发点）。在不写小说的时候，他的话也一样惊世骇俗，比如他认为莎士比亚的戏剧矫揉造作、不堪卒读，认为通过悔罪和禁欲，人们可以拯救自己的灵魂，等等。

是的，我们全都原谅他。我们看得清清楚楚，他也没有藏着掖着。我们对自己都没有这么宽容，因为我们对自己的坦诚，都不及他对我们的坦诚。更何况，他是真的出于对人的爱和怜悯。这种爱和怜悯，也使我们在他面前显得矮小。

他曾说："在读一篇作品时，特别是一篇纯文学的作品，首先引起读者兴趣的，是表现在作品里的作者的性格。"大概我们对他的宽容和崇敬，就来源于他在作品中显现的那种性格，而不是观念。

可惜不知道从什么时候开始，我们所有的文学课和写作课都对这些事情只字不提了。大家只讲可读性，讲故事，讲技巧，讲套路和销路。我是真不明白，婴儿都扔掉了，留着洗澡水有什么用呢？如果我们认为俄国文学的那种道德感已经失效，那些对终极问题的追问都已经过时，那还不如直接承认，文学已经走到头了。

《金蔷薇》的作者帕乌斯托夫斯基曾经认为，写小说是神圣的事业，担负着人类精神的存亡，所以小说家要将自己虔诚地献给小说，为了写出有价值的小说，我们必须充分生活。他确实是这么安排自己的人生的，但如果他看到今天的人如何对待小说和写作，一定会感到非常可悲。他会为我们错失的东西叹惋。

5

《小王子》的作者圣埃克苏佩里说：如果你想造一艘船，不要抓一批人来搜集材料，不要指挥他做这个做那个，你只要教会他们如何渴望浩瀚的大海就行了。

我在这里做的事，似乎就是指出两片大海的大致位置。

一片大海是心灵和人格的崇高；另一片大海更具体，就是你自己和你的生活。

要探索这两片海域，我们可能需要借助阅读和写作这两艘航船。但如果你要探索的是交易所门前的排水沟，或者富人家里的游泳池，那就另当别论了，你们要造的船，肯定不是用我说的这种材质。

我除了喜欢俄罗斯文学，还对以色列的小说情有独钟。这两个民族的小说家，似乎天生就懂得写作的意义。以色列作家阿摩司·奥兹说：

> 我十六七岁的时候，认为自己当不了作家，因为我生活在偏僻的基布兹，而真正的世界在巴黎、马德里、纽约……也许可以在俄国写乡村小镇，甚至在加利西亚写犹太人村庄。但是在基布兹，只有鸡圈，牛棚，儿童之家，委员会，轮流值班，小供销社。疲惫不堪的男男女女每天早上起来去干活，争论不休，洗澡，喝茶，在床上看点书，晚上十点钟之前便筋疲力尽进入梦乡。我不像第一代以色列作家那样拥有战争经历，生活中缺少激情。

> 是舍伍德·安德森的《小镇畸人》让我改变了观念。……如果年轻作家到我这里来询问怎样才能成为一个作家，我就会告诉他："年轻人，请描写你身边的世界，你的家人，你的村庄，你自己的世界。"
>
> （《以写作寻求心灵宁静——奥兹访谈》）

我们当然也渴望超脱和逃离，但超脱和逃离的前提，还是认清自己和眼前的现实。

我们生活在一个扁平的消费主义时代，信息爆炸、缺少共识、集体虚无、娱乐至死。在这样的时代读小说、写小说，一定对空虚和无意义有所体认，并试图在文字中寻找精神上可能的出路，这出路在商业影视剧、通俗文学、短视频、文化工业中肯定是找不到的。如果我们否认这一点，就很容易在儿戏一般的氛围中谈论小说，把它当成一种即将消逝的旧事物。

社会持续加速，所有的旧价值都遭到怀疑和丢弃。这不光是文学当下的处境，也是人文教育的处境。如果文学的道德意义消逝了，人文教育将无所依存。我当然知道自己现在讲述的这些，并不能代表文学研究的最前沿，这套关于自我和文学的说辞，无论怎么看，都算不得新颖。但我在文学领域里，从来都不追求时新。而且，我其实也顾不得这些了，因为在我心中盘旋的，除了鲁迅的自我改良论，还有阿列克谢耶维奇的呼吁：

> 请你帮助学生成长为具有人性的人。你们的努力决不应当被用于创造学识渊博的怪物，多才多艺的变

态狂，受过高等教育的屠夫。只有在使我们的孩子具有人性的情况下，读写算的能力才有其价值。

（《切尔诺贝利的回忆》）

第四日

叙事的视角问题

0

2011年12月6日，早上九点钟，有人发现一名男子全身赤裸爬上东莞高埗大桥桥顶，声称自己是“孙悟空”再世。因怀疑其精神异常，且有相当的生命危险，现场群众当场报了警，警察随后赶到。但是，无论如何劝说，这名裸男始终不肯下来，且拒绝与民警对话，一再强调自己的真实身份是孙悟空。民警求助于消防队，想依靠专业设备来解救该男子。消防车将云梯伸出时，裸男表现激动，随时有可能坠落。这时，一名消防员爬上云梯，声称自己是唐僧，此行前来，是要收他做徒弟的，裸男于是安静下来，消防员最后成功将该男子解救。

这是一则不起眼的新闻，网络上每天都有这样的文字出现，我们看过之后，笑一笑，就过去了。只有少数人会看到事情的另一番样貌，比如那位身在现场的实习民警在朋友圈里发表的看法：

> 堵车一个多小时，你猜为什么？就为了这位转世孙悟空！他笨手笨脚爬到桥顶上，口口声声要去找唐僧，要去西天取经！我当时就纳闷，猴哥转了世出来，怎的一不能飞，二不能蹦，啥本事不剩，光着屁股，一身白肉？就这副模样，找着唐僧又能怎样？要找唐僧，不去中原哪座古庙，来我大东莞是要干啥？谁能想到，还真就在这高埗大桥上，让他把唐僧给找着了。谢天谢地，唐僧不来，猴哥铁了心不下来，我们也交不了差。幸亏唐僧就在我们区，这一世他没有吃斋念佛，换了个方式服务众生。他投身了消防事业，成了一名优秀的消防队员！当他架着云梯，在空中与悟空相认，大家无不欢呼雀跃，此情此景，怎不让人感慨万千！

在民警的版本中，事件的性质、意味，发生了根本的变化。我相信，如果你看过他的朋友圈，一定不会轻易忘掉。

好吧，我承认，民警的版本是我编的。我们还可以编很多别的版本，看似都在说一件事，但每个版本包含的信息却截然不同，几乎没有可比性。比如，你可以想象一下，“唐僧”本人的版本是什么样子。又或者，“孙悟空”自己站出来说这件事，又是什么感觉。那么多围观者，每个围观者都有不同的个性气质，任选一个作为讲述者，味道都是不同的。

这里涉及的问题，就是视角问题。我们描述一件事，讲述一个故事，首先都会碰到这个问题。就好比你要拍一张照片，必须搞清楚相机放在哪个位置，乱拍一气当然是可以的，就跟很多人讲故事一样，想起一出是一出，但是不要指望这种思维方式能出好成果。

在小说写作中，我们最常看到的是这样一类写法：

> 朦胧中听得响亮的军号声，张文安便浑身一跳。眼皮重得很，睁不开，但心下有数，这热惹惹地吹个不歇的，正是紧急集合号。
>
> 三年多的生活习惯已经养成了他的一种本领：半睡半醒，甚至嘴里还打着呼噜，他会穿衣服。刚穿上一半，他突然清醒了，睁开眼，纸窗上泛出鱼肚白，号声却还在耳朵里响。他呆了一会儿，便自己笑起来，低声说："呸！做梦！"

对于纯真无邪的读者来说，这样的写法似乎很正常，什么问题都没有。但对于久经世故、刁钻成性的读者——比如我——而言，它的问题就是太显而易见了，太不假思索了，以至于我会在阅读的时候产生一些厌倦和质疑。

我会不自觉地问，这个叙事者是谁？为什么张文安的事情他全都知道，而且这么急切想要告诉我们？他知道得这样具体入微，只怕全是现编的吧？如果是编排的，我也接受，可是这种编排的口吻也不是很高明吧，不像上帝，却又戴着上帝的眼镜。我感觉镜头怼在这个叫张文安的人的脸上，而我对这个人毫不了解，也不明白为什么要耐着性子读他的故事，更何况他的故事可能全是瞎编的。与这种讲故事的方式相比，我更倾向于接受"很久以前，在一个地方，有这么一位……”的开场白。

我之所以这样世故、苛刻，还是因为被惯坏了。被那些优秀小说惯坏了。我举个例子，就拿汪曾祺的《大淖记事》来说吧。汪老一直主张，小说不能太像小说。为什么？太像小说的小说，有点做作和虚假。好的小说，应该自然、亲切，如同老友叙话，不是说不能讲假话，而是这假话要讲得不像假话，或者这假话讲得比真话更有趣味、更富言外之意，这样一来，讲者和听者才能达成默契。

《大淖记事》是这样开头的：

> 这地方的地名很奇怪，叫作大淖。全县没有几个人认得这个淖字。县境之内，也再没有别的叫作什么淖的地方。据说这是蒙古话。那么这地名大概是元朝留下的。元朝以前这地方有没有，叫作什么，就无从查考了。
>
> 淖，是一片大水。说是湖泊，似还不够，比一个池塘可要大得多，春夏水盛时，是颇为浩渺的。这是两条水道的河源。淖中央有一条狭长的沙洲。沙洲上长满茅草和芦荻。春初水暖，沙洲上冒出很多紫红色的芦芽和灰绿色的蒌蒿，很快就是一片翠绿了。夏天，茅草、芦荻都吐出雪白的丝穗，在微风中不住地点头。秋天，全都枯黄了，就被人割去，加到自己的屋顶上去了。冬天，下雪，这里总比别处先白。化雪的时候，也比别处化得慢。河水解冻了，发绿了，沙洲上的残雪还亮晶晶地堆积着。这条沙洲是两条河水的分界处。从淖里坐船沿沙洲西面北行，可以看到高

> 阜上的几家炕房。绿柳丛中，露出雪白的粉墙，黑漆大书四个字："鸡鸭炕房"，非常显眼。炕房门外，照例都有一块小小土坪，有几个人坐在树桩上负曝闲谈。

这是谁在讲话？这个故事的讲述者是谁？他为什么能讲这个故事？看完这两段，我们就会明白，叙事者对这个地方的风土人情非常了解，而且很感兴趣，讲起这些事来乐在其中。他并不是一个可疑的、全知全能的人，看样子，他只对这个小地方有了解，是个靠得住的向导。看他后面不急不慢地讲大淖岸边的房子，讲一个奇特的职业——锡匠，讲锡匠里的派别，读着读着你就明白了，他并不是要给我们编一个故事，他主要是给我们讲一讲这个地方与众不同的民情风俗，顺便讲一讲这地方的人都知道的一件小事。你会对这个叙事的声音感到亲切自然，乐意沉浸其中。

阅读过程中，这些内心的反应是不自觉的，我们并没有刻意跟作者较劲。所谓的信任感，就是在这个不自觉的过程中慢慢建立起来的。信任感也不是理性的，但它特别重要。没有信任感，你说什么，我都不太接受。

不管你用什么办法，总而言之，你要有这个意识，那就是叙事者到底处在什么位置。

叙事的视角问题，其实相当复杂。如果把叙事学中关于隐含作者、叙述者、感知者、话语空间等概念弄进来，问题就会更复杂，根本不是几节写作课或阅读课能够解决的问题，毕竟叙事学是一门独立的学科，近年来它越来越晦涩深入，涉及语言学、结构主义、符号学和哲学的内容，放到文学领域，有喧宾夺主之嫌，甚至有点与文学为敌的意思。很多学者，如米歇尔·福柯、罗兰·巴特、雅克·德里达等，在这条道路上走得太远，最终宣判了作者的死亡、意义的空无，将文学解构得不剩多少东西了。这肯定不是我的本意，所以我会尽量简化概念，还是将重点放在文学之所以为文学的精神层面。在我看来，文学叙事的目的，仍在最大程度地实现作者和读者之间的深层交流，这种交流不但是可能的，而且是必须的。

1

我们还是采用最简单、最狭义的视角划分来切入这个问题吧。

首先是第一人称视角。一般来说，小说中的“我”在讲述故事的同时，也扮演着故事中的一个角色。就像刚才那个孙悟空的故事里，“我”可以是任何人，甚至可以是不在现场的读者。所以，这个第一人称实在是太宽泛了，几乎没有任何限定。你还可以在同一个故事中，用故事中的每个人做视点，都来上一段第一人称叙事，比如芥川龙之介的经典小说《竹林中》（黑泽明将其改编为电影《罗生门》），目击者、杀人凶手、受害者、死者一一登场，诉说自己的遭遇，多个第一人称视角，组合成一个扑朔迷离的哈哈镜，让我们看到人性的黑暗和复杂。

用第一人称视角，作为小说故事的见证人，是再方便不过的事情了。设想一下，如果《福尔摩斯》不是用华生医生的第一人称视角来写，而是用第三人称视角，直接写福尔摩斯先生神奇的破案经历，我们还能感受到华生医生感受到的那种惊讶、反转吗？福尔摩斯不是一个凡人，他的悲喜，我们难以直接代入，所以华生医生的第一人称视角就成了我们最好的中介。同样的道理，毛姆在《月亮与六便士》《刀锋》中塑造另类的天才人物，也是借助一个跟作者形象很相近的第一人称“我”来间接描写的。

主要人物的第一人称视角、次要人物的第一人称视角之外，还有可靠的第一人称叙事与不可靠的第一人称叙事。所谓可靠的第一人称，就是小说中的“我”是一个正常的观察者，我们作为读者，可以大体信赖他的所见所思。比如鲁迅的小说《故乡》，“我”在回乡过程中的见闻，是我们唯一的视点，我们不得不信任他，也愿意信任他。但《狂人日记》就不一样了，它设置了双重第一人称叙事。第一层的叙事者“我”，是相对可靠的，他说他是下面这个故事主人公的同学，得到这个同学的日记，要和读者分享日记里的内容。第二层叙事者“我”，就是一个不可靠的叙事者，他的精神状态明显有些异常，作为一个人物，他的所有观察和想法，都会引起我们的怀疑，并且不断提问：他这么说，是什么意思？他为什么要这样认为？而这正是鲁迅要我们做的事，质疑小说中所有的人物，排除所有的确定性，然后才能看到这些人物日常生活中的诡异和恐怖。

所以，第一人称视角，几乎可以无限细分。甚至还可以分成单数第一人称和复数第一人称。大部分的第一人称小说，叙事者是“我”，是单数的，但也有一些小说，叙事的视角来自“我们”。比如福楼拜《包法利夫人》的开头：

> 我们正上自习，校长进来了，后面跟着一个没有穿制服的新生和一个端着一张大书桌的校工。正在睡觉的学生惊醒了，个个起立，像是用功被打断了的样子。
>
> 校长做手势叫我们坐下，然后转向班主任，对他低声道：“罗杰先生，我交给你一个学生，进五年级。学习和操行要是好的话，就按照年龄，把他升到高年级好了。”

这是一个经典的小说开篇，它以复数第一人称的视角引出小时候的查理·包法利，然后再自然过渡到第三人称限定视角，跟随查理的成长，引导我们走向小说真正的主角爱玛，然后视角就此锁定在爱玛身上，只偶尔偏离到几个次要人物身上。

这种视角的设定和转移，都是经过精心布局的。如果福楼拜一开场就以第三人称写查理的故事，不是不可以，很多小说都是这么做的，总比一开场就写爱玛的童年来得高明吧？但是福楼拜是个文体家，他总是会问，难道没有更好的方法进入故事吗？这个“我们”，把后面的第三人称视角隐藏得天衣无缝。我们会不自觉地认为，叙事者是故事中主人公熟悉的人，是合理的观察者，他讲述的一切，我们自然而然地就轻信了。这个“我们”就出现过一次，后面再也找不着影子，但是不要紧，我们已经顺利进入小说的内部，心甘情愿被欺骗了。

和福楼拜一样，从不对任何叙事视角问题放松的福克纳，在其经典短篇小说《献给艾米丽的玫瑰》中也用到了同样的办法来营造小说世界的亲切感。但是与福楼拜相反，叙事者“我们”，直到小说的最后才出现，在此之前，读者看到的是一个第三人称视角在描述艾米丽小姐的各种人生片段，这些片段透露出，叙事者不是全知全能的，他知道的事情，全镇人都知道，这些事情拼凑出一个可怕的故事。最后，那个四十年没人进去过的房间被打开，那具尸体呈现在所有人面前：

> 我们在那里立了好久，俯视着那没有肉的脸上令人莫测的龇牙咧嘴的样子。那尸体躺在那里，显出一度是拥抱的姿势，但那比爱情更能持久，那战胜了爱情的熬煎的永恒的长眠已经使他驯服了。他所遗留下来的肉体已在破烂的睡衣下腐烂，跟他躺着的木床黏在一起，难分难解了。在他身上和他身旁的枕上，均匀地覆盖着一层长年累月积下来的灰尘。
>
> 后来我们才注意到旁边那只枕头上有人头压过的痕迹。我们当中有一个人从那上面拿起了什么东西，大家凑近一看——这时一股淡淡的干燥发臭的气味钻进了鼻孔——原来是一绺长长的铁灰色头发。

作为读者，我们对福克纳的故事是完全信服的。这个第一人称复数视角，并不像福楼拜那样，只是在小说开头让我们放松警惕，后面就取消了。福克纳是在无声无息中，将这个视角的设定贯穿了始终，为了符合这个视角，叙事的时间线也不得不曲折回环、异常复杂。为什么？因为如果叙事者真是镇上的集体居民，他们看到的事实一定是破碎的，他们的判断也一定是有漏洞的，不到真相完全呈现的那一刻，他们所有的揣测、判断，都是一种流言蜚语的性质。只有这样，才严格符合这个小说视角的设定，才会在最后产生那样强烈的冲击效果。作为读者，我们也都成了镇上居民的一员，感受到了他们感受的那种震撼。

2

从上面的例子，我们可以看出第一人称视角的一些优势：

第一人称视角赋予了故事一定的界限，一个直接的焦点，使作者更容易流露自我，使人物的心声更容易透露，也使读者更容易代入故事。

第一人称可以展现一个表现力很强的声音，用叙述本身就塑造出小说的第一个重要人物。

第一人称提供了很好的说服力，没有一个中间人的角色去稀释故事的戏剧性。

但是，也有一些作家认为，用第一人称写作是一种懒惰，比如英国作家伊夫林·沃就公开表示，用第一人称单数来写小说是可鄙的。他没有详细说明原因，但这个说法惹恼了喜欢用第一人称写小说的毛姆，后来毛姆写了一本书，名字直接就叫《第一人称》，表示他的愤恨。然而，伊夫林·沃本人最有名的小说《故园风雨后》，正是以第一人称视角写的，而且小说中的“我”，也是一个跟作者本人很接近的人物。可见，小说视角的选择，并不存在所谓的优劣之分，关键在于是否符合小说整体风格的要求。

当然，第一人称视角也不是没有问题。比如：“我”只能叙述按照常理“我”能够看到、知道和感觉到的东西，对那些“我”没有直接参与的重要事件，只能间接描写，或者不描写。

“我”和作者、叙事者之间的关系很难把握。如果你与你故事里的叙述人之间距离太近，第一人称就是一个危险的选择，需要老道的技巧化解局促，否则你的叙事很容易显得矫揉造作。

此外，“我”如果是自传体叙事的主人公，也容易导致小说的局面打不开，总是围绕在“我”的小世界里。

不过，也有作家利用第一人称的这种局限来做文章。比如帕慕克《我的名字叫红》，每一个章节都是一个不同的第一人称视角：“我的名字叫红”“我的名字叫黑”“我是一条狗”等。因为小说从总体来看是一个悬疑凶杀的故事，虽然凶手也以第一人称视角讲述了他的一些见闻，但我们不知道他的真实身份，我们陷入了很多个“我”的迷雾之中，苦苦思索着事件的真相。我们知道每个人的感受，也知道凶手杀人的动机，却不知道谁才是凶手。这就是由第一人称视角的限定造成的。我们只能内观，不能一次性窥见全貌。而作者想要的，就是这个效果。

有些作家最擅长用第一人称视角写作，用别的方式总不能发挥最大的威力，比如鲁迅就是如此。他最出色的那些小说，都是用第一人称视角写的。这源于他的现实感过于强烈，对小说的简洁性要求过于严苛。前面提到了他的《故乡》和《狂人日记》，其实他的《阿Q正传》《祝福》《伤逝》《孤独者》《在酒楼上》《孔乙己》等，也都是第一人称视角。当他用第三人称视角写作时，比如他写《弟兄》，明显就不如《伤逝》来得直接、有力。

这些小说中，鲁迅在介绍主要人物出场之前，先要塑造一个“我”，交代清楚这个“我”的身份、感受、处境，然后再由这个“我”观察小说中其他人物的出现。《阿Q正传》当然是关于阿Q的故事，但阿Q出场之前，“我”先要交代一下为什么要写他的传记，以及碰到了哪些困难（实在是幽默、辛辣的笔调）；《祝福》的主角当然是祥林嫂，但首先要塑造一个“我”，在旧历年的鲁镇，“我”是不能安住的局外人，由“我”来告诉读者们祥林嫂的遭遇，再合适不过；《孤独者》当然是魏连殳的故事，《在酒楼上》是吕纬甫的故事，但都经由一个跟鲁迅颇为相似的“我”来讲述，“我”是他们的老朋友，曾经的同道中人，因而也是可靠的见证者。

似乎只有很好地解决了叙事者的合理性问题，鲁迅的想象力才能高高地飞跃起来。

3

接下来说一下第二人称视角。

以第二人称视角单独形成一篇小说或一部作品，并不常见，总体来说这是一种冒险的选择，一种实验性的探索。

使用第二人称视角，你就好像始终在指挥某个人行动，这种写作的限定太多，且难以展示小说的戏剧性和人物的深度。

比如，卡尔维诺的《寒冬夜行人》，整部小说都是用第二人称视角在叙事：

> 你即将开始阅读伊塔洛·卡尔维诺的新小说《寒冬夜行人》了。请你先放松一下，然后再集中注意力。把一切无关的想法都从你的头脑中驱逐出去，让周围的一切变成看不见听不着的东西，不再干扰你。门最好关起来。那边老开着电视机，立即告诉他们："不，我不要看电视！"如果他们没听见，你再大点声音："我在看书！请不要打扰我！"也许那边噪音太大，他们没听见你的话，你再大点声音，怒吼道："我要开始看伊塔洛·卡尔维诺的新小说了！"哦，你要是不愿意说，也可以不说；但愿他们不来干扰你。
>
> 你先要找个舒适的姿势：坐着、仰着、蜷着或者躺着；仰卧、侧卧或者俯卧；坐在小沙发上或是躺在长沙发上，坐在摇椅上，或者仰在躺椅上、睡椅上；躺在吊床上，如果你有张吊床的话；或者躺在床上，当然也可躺在被窝里；你还可以头朝下拿大顶，像练瑜伽功，当然，书也得倒过来拿着。

在这里，叙事者和视角是两回事。我们都知道叙事者是卡尔维诺本人的化身，他也没有伪装的企图，但他却将所见所闻限定在读者“你”的视角里，而非他自己的视角。我们读这样的作品，篇幅稍长，就会注意力涣散，难以为继（不信的话，你可以自己试试）。

所以，第二人称视角很少独立使用，更多是作为一种过渡、转场，短暂地出现在小说中，然后再将叙事的视点交给下一个视角。书信体小说、第一人称视角的独白小说，偶尔会用到这样的视角。

对于初学者，我就不建议做这样的尝试了。所以不打算多说。

4

第三人称视角跟第一人称视角一样，是个无底洞。我先粗略划分一下常见的几种第三人称视角吧。

首先是第三人称全能视角，又叫全知视角，或上帝视角。顾名思义，叙述人无所不知，出现在每一个地方，知道每个角色的想法。这种视角是19世纪经典现实主义小说经常用到的。如托尔斯泰的《复活》，作者可以自由进出马斯洛娃、聂赫留朵夫、法官等各色人物的内心世界，不受任何时空的限制，可以任意转换叙事的重点和焦点。

这种视角的优点就在于灵活性，可以无限转换，可以面面俱到。当然，缺点也很明显。首先就是需要强大的写实能力，否则极易显得假，像是在刻意编造故事。而且，即使你能力强大，在小说的开头部分，读者还是会有一种疏离感，需要时间来产生代入感。所以，绝大部分超过五十万字的大部头长篇小说都是第三人称全知视角，或者不如说是第三人称全知视角总是容易产生鸿篇巨制。

毛姆对第三人称上帝视角有这样的看法，我觉得很在理。

> （第三人称全知视角，）作者会告诉你他认为你应该知道的一切，帮助你随着故事的发展理解他的人物。……这种写法的缺点是，小说中的一批人物很可能会不及另外一批人物有趣。举个著名的例子来说，在《米德尔马契》中，当读者读到那些他不感兴趣的人物命运时，就会觉得非常厌烦。
>
> 此外，用全知观点的写法创作小说，还要冒作品庞大累赘和冗长松散的风险。写这种小说的作家中，没有谁能比得上托尔斯泰，然而即便是托尔斯泰，也难免有上述缺点。这种写法向作者提出的要求是很难达到的。他必须深入到每个人物的内心，感其所感，思其所思；而他却有自己的局限，也就是说，只有当他以其自身作为人物的原型时，他才有可能做到这一点。如果不是这样，他就只能从外部却观察其他原型，然而这样创造出来的人物往往会缺少说服力，使读者难以信服。
>
> （《两种不同人称的小说》）

因此，当代很多写作者会谨慎使用第三人称全知视角。文学史上曾经有一段时间兴起一种第三人称机械视角，或者说是自然主义视角。在这种视角下，叙事者好像一台摄像机，或者说是一台记录仪，在每一个场景中，它能观察到所有人物的行动和反应，也可以同时讲述不同场景中的事件，但是它不带任何感情，也不能进入任何人物的思想，仅仅只是观察和报告。它会通过对一些细节的强调，偶尔透露作者的用心所在。

自然主义小说现在很少有人提及了。但极简主义倒仍是热门。在极简主义小说中，也常用这种第三人称机械视角。

比如海明威的《杀人者》：

> 亨利那家供应快餐的小饭馆的门一开，就进来了两个人。他们挨着柜台坐下。
>
> “你们要吃什么？”乔治问他们。
>
> “我不知道，”其中一个人说，“你要吃什么，艾尔？”
>
> “我不知道，”艾尔说，“我不知道我要吃什么。”
>
> 外边，天快断黑了。街灯光打窗外漏进来。坐在柜台边那两个人在看菜单。尼克·亚当斯打柜台另一端瞅着他们。刚才他们两人进来的时候，尼克正在同乔治谈天。

这种视角坚持的时间长了，也是容易产生疲乏的。所以，与全知视角相反，它总是容易产生戛然而止的小说。

那么，有没有一种小说视角，既可以拥有第三人称全知视角的灵活性，又能保持第一人称视角的代入感呢？

于是就有了第三人称限定视角——在一次叙事行为

中，只能进入一个人物的思想。这样一来，既有第一人称手法的高度聚焦感，又有第三人称的灵活性。在卡夫卡的大多数小说中，叙事者紧紧跟随着人物的感官，无法逃离。

> 格里高尔的眼睛接着又朝窗口望去，天空很阴暗——可以听到雨点敲打在窗槛上的声音——他的心情也变得忧郁了。“要是再睡一会儿，把这一切晦气事统统忘掉那该多好。”他想。但是完全办不到，平时他习惯于向右边睡，可是在目前的情况下，再也不能采取那样的姿态了。无论怎样用力向右转，他仍旧滚了回来，肚子朝天。他试了至少一百次，还闭上眼睛免得看到那些拼命挣扎的腿，到后来他的腰部感到一种从未体味过的隐痛，才不得不罢休。
>
> （《变形记》）

我们困在格里高尔的视角里，不知道除此之外，另外的人物、另外的世界是什么样子的。当作者要描述其他人时，他就将叙事者切换成另一个人物，使我们困在另一个人物的感官之内。如此反复。

这种限定视角，是当代小说更常用的第三人称方式。我们经常说，有的作家写作方法很老土，有的很新潮，其中一个重要的辨识标志，其实就是视角的选择。如果你用第三人称全知视角写作，就容易给人以复古的印象。当然，实际上，我一再强调，视角的选择是没有优劣之分的，关键在于你究竟想要表现什么。

而且，即使是第三人称限定视角，也绝非铁板一块，它还是可以有很多细分的。比如，我们来看看这样三句话，体会一下它们之间细微的区别：

> 她看了丈夫一眼。“他的脸色很难看，”她想，“肯定又是哪里不对劲。”她不知道该说什么。
>
> 她看了丈夫一眼。他的脸色很难看，她想，肯定又是哪里不对劲。她不知道该说什么。
>
> 她看了丈夫一眼。是，他又摆出一副难看的脸色，肯定又是哪里不对劲。她又该说些什么呢？

其实，这三句话反映了第三人称视角从19世纪到20世纪初的一个变化方向。你可以看到，叙述的权力从小说家进一步走向人物。在第一种第三人称限定视角里，我们还是可以清晰地区分，哪些词语是作者的，哪些是人物的。但到了第三种限定视角里，人物和作者所用的词汇混在一起了，不那么容易区分了。

写作者要的就是这个效果。似乎是人物在叙述，作者的“语言”被压缩到最少。我们越来越不希望在小说中“听到”作者本人的声音了，它会让人容易出戏。

契诃夫是这种写法的集大成者，他凭借天才的直觉，让作者的声音与虚构的世界完美融合到一起。其短篇《洛希尔的琴》是这样开场的：

> 小镇太小，还不及一个村，里面空空荡荡住的几乎全是老人，死得太慢，令人气恼。医院和监狱对棺材的需求也很小。简而言之，生意不行。

其以第三人称限定视角讲述一个棺材铺老板的故事，一般来说，一开场，作者要介绍一下这个人物的背景信息，但是这里没有。介绍背景信息的，肯定不是契诃夫。因为他不会无缘无故嫌弃人死得太慢，不会担忧棺材生意不行。所以，实际上，从小说的第一行开始，人物都还没有出现，所有的语言、价值观，即已经换成了人物的视角，以人物的感受方式去感受。在这里，作者的语言消失了。

5

小说的视角确实存在一些流行倾向，某些时代流行某种写法。但我还是要再强调一遍，文学的变化发展，不像科学技术的发展，它不是线性的，也不是从低级到高级、从简单到复杂的变化。很多时候，一种写法不再流行，往往是因为出现了一座难以逾越的高峰，后来者不得不绕道而行。或者，读者感受方式的变化，促使写作者不得不随之而变。

所幸，文学的风格和小说的可能性还是有无穷的创新空间的。我们不要简单以为，视角的选择就是非此即彼。同一种视角下，叙事的感觉和意味还可以有无数的变化。比如，最为笨重、复古的第三人称全知视角，放到一个文体家的手里，仍然可以很时尚、很有新意。我举一个例子吧，现代中国小说家中，创新意识极强的要数沈从文，他的经典短篇小说《丈夫》，看似是第三人称全知视角，但是细品却又觉得这种感觉几乎是前所未见的，打上了沈从文的深深印记，并启示了后来的汪曾祺、黄永玉等人。

> 这种丈夫，到什么时候，想及那在船上做生意的年青的媳妇，或逢年过节，照规矩要见见媳妇的面了，媳妇不能回来，自己便换了一身浆洗干净的衣服，腰带上挂了那个工作时常不离口的短烟袋，背了整箩整篓的红薯糍粑之类，赶到市上来，像访远亲一样，从码头第一号船上问起，一直到认出自己女人所在的船上为止。问明白后，到了船上，小心小心的把一双布鞋放到舱外护板上，把带来的东西交给了女人，一面便用着吃惊的眼睛，搜索女人的全身。这时节，女人在丈夫眼下自然已完全不同了。
>
> 大而油光的发髻，用小镊子扯成的细细眉毛，脸上的白粉同绯红胭脂，以及那城市里人神气派头、城市里人的衣服，都一定使从乡下来的丈夫感到极大的惊讶，有点手足无措。那呆相是女人很容易清楚的。女人到后开了口，或者问："那次五块钱得了么？"或者问："我们那对猪养儿子了没有？"女人说话时口音自然也完全不同了，变成像城市里做太太的大方自由，完全不是在乡下做媳妇的羞涩畏缩神气了。

一开始，这个丈夫是复数形式，可以说是第三人称复数视角，这个复数慢慢聚焦，终于对准了其中一个丈夫，然后慢慢再进入他的故事。整个过程是这样自然，这样富于韵味，在这个视角下，诗歌、散文和小说的界限都在松动，人物的形象也在自如缩放，你敢说这不是一种极具创造力的、优美崇高的形式吗？

6

关于视角问题，可说的还有很多。这里并非要大家来学习叙事学，而是培养一种敏感，即从视角入手，对写作者的风格和腔调有所察觉。

也就是说，在阅读时，尝试多留意一下视角的选择问题，在自己写作时，设想更多的选择，考虑更多的可能性。如果只能接受一个想法，一个腔调，一种故事的讲法，那就等于没有思考和审美这回事。多视角练习有助于打开思路，找到惊奇。

要相信一点，每个人适合的写作视角是不同的，这个问题没有标准答案，也没有完美无缺的选择。

第五日

人物塑造

0

罗曼·罗兰还在巴黎高等师范学院上学时，就计划写一本书，一本大书。到底要写什么，其实他并不清楚，他只知道，他的主人公是个艺术家，为了这个世界而心碎的纯洁的艺术家，具体来说，应该是个音乐家，因为音乐是最纯粹的艺术。除此之外，关于这本他想写的大书，一切都是模糊的。

为什么是艺术家呢？因为他有一种渴望，想给自己的时代塑造一个伟大的安慰者。他感觉文学已经开始坠落，如同他眼前的世界。所有神圣的事物，都在消解。人类的尊严，正在一点一点消散。他的个性和生活，也使得他对普通市民阶层不感兴趣——关于普通人的普通生活，已经写得太多了。他从小就从那些伟大的人物身上获得生命的力量，贝多芬、米开朗琪罗、托尔斯泰构成了他人格的基底，他们告诉了他什么才是人性的高贵品质。只有天才人物才让他心动。

那为什么是音乐家呢？因为他对音乐和对文学的激情不相上下。

但是，这样一种形而上的想象，需要多少对生活的理解、对时代的观察，才能积累起足够的细节，来将人物刻画清晰？

他当时肯定不知道，这个模糊的人物形象，需要十年的时间，才慢慢显形。然后他又花了二十年的时间，才完成书写。

离开巴黎高等师范学院后，罗曼·罗兰回到罗马的法国学校就读，他的朋友给他讲述瓦格纳和尼采的事迹，两个悲剧性的英雄形象，给了罗兰很大的冲击。他感觉到这样的人物身上有种强者的力量，他们被某种预感所牵引，以真正诚实的方式体验、认识这个世界，他们孤独地站在旷野里，向黯淡的世界发出呼喊。但他们的声音被时代的尘嚣所掩盖。而他，罗曼·罗兰，就是要帮助人们聆听英雄的声音。

一天傍晚，他在罗马郊外的霞尼古勒散步，夕阳之下，远处的罗马城披上一层红光，四周的田野如海洋，他感到一阵悸动，失去了时间的概念，感受到了灵感的震撼。他感受到自己赤裸裸的、自由的生命，感受到了纯洁的眼光、超越的思想、独立的创造。

在此之前，他以为自己要写的书类似《战争与和平》，现在他知道不是的，他不会从历史文献中去寻求素材和人物，他要写的，是自己在霞光中感受到的那个人，像贝多芬，又不是贝多芬；像自己，又不是自己。他将是一个德国人，离开家乡，来到异国，坚定地信仰伟大的存在，爱着人类。

然而，这仍旧只是一个萌芽。接下来的教书生涯，磨损着他的理想主义，那个人物的形象也渐渐进入睡眠。于是他来到德国波恩，走进贝多芬故居。

在低矮的房间里，他看见了贝多芬贫困的青春岁月，看到了那夜以继日的斗争究竟意味着什么。

也就是说，他也终于看清了那霞光中的形象。

之前，他以为英雄人物与命运和时代的抗争，是一场不成功便成仁的战斗。现在，在这低矮、卑微的大师的房间，他意识到真正的英雄主义：认识生活，并且仍然热爱它。

然而，他还必须更多地了解，他的人物到底在跟什么作战。也就是说，他还需要更多地认识生活和现实。他开始意识到，为了塑造这样一个人物，他必须经历炼狱，去承受那些毫无悬念的失败：文学圈子的背叛、社会理想的失落、期刊阵地的沦陷、群众的冷漠。他需要像笔下的人物那样离群索居，以便看清时代的轮廓。

他还要接受哲学的启迪，了解存在的本真和意义，从笛卡尔到斯宾诺莎，以便他理解理性和历史，反思他要刻画的当代贝多芬究竟处在什么样的时代氛围之中。

大量的札记日积月累，堆积成山。

这时候，他已经意识到，塑造一个真正有力的人物形象，需要调动写作者的整个人生。

我在差不多一百年后，也就是21世纪的最初几年，读到罗曼·罗兰的《约翰·克里斯朵夫》，那时我还是个大学生。我能感到，这本书所展示的浪漫主义和理想主义，有一点不合时宜。它的庄严感，我几乎难以进入。因为我早已被塑造成不习惯庄严的现代人。如果我要写一本书，不会是这样的书。

奇怪的是，即便如此，在很长一段时间里，我怎么都无法摆脱约翰·克里斯朵夫的影响。他几乎就住在我心里某个地方，时不时会冒出来说话，像我的一个分裂人格。我告诉自己，我对罗曼·罗兰并没有那么亲近，他的思想与我自己所处的时代，有相当的距离。但是没有用。当我在图书馆里看书，为那些拙劣的作品感到丧气时（这样的书往往占多数），当我对讲台上的老师和名家感到愤怒时，当我感觉身边那些意气风发、才气逼人的年轻人几乎无一例外全是伪君子时，我都会想起克里斯朵夫的内心独白：

> 这些作品里使他最气恼的是谎话。没有一点东西出于真正的感觉。只是背熟的滥调，小学生的作文。他谈着爱情，仿佛瞎子谈论颜色，全是东摭西拾、人云亦云的套话。而且不只是爱情，一切的热情都被他们当作高谈阔论的题目。
>
> 一切民族，一切艺术，都有它的虚伪。人类的食粮大半是谎言，真理只有极少的一点。人的精神非常软弱，担当不起纯粹的真理。必须由他的宗教、道德、政治、诗人、艺术家，在真理之外包上一层谎言。

> 他们是扯谎，照例地扯谎，对自己扯谎。他们想要把自己理想化，而所谓的理想化就是不敢正视人生，不敢看事情的真相。到处是那种胆怯，没有光明磊落的气概。到处是装出来的热情，浮夸的戏剧式的庄严，不论为了爱国，为了饮酒，为了宗教，都是一样。

克里斯朵夫对待困顿的态度，他那种鲁莽和无畏，都在无形中激励我。很久以后，他的声音消失了。我身上的愤怒也消失了。我步入了成年以至中年，成了一个跟年轻的自己截然不同的人。回过头再读《约翰·克里斯朵夫》，我仿佛头一次读。因为，我根本不记得里面的情节，也忘了罗曼·罗兰的写作风格（我很少受这种风格的影响）。但是约翰·克里斯朵夫这个人，我从头到尾都是熟悉的。我在看一个熟人的故事。我之所以不再听见他的声音，并不是我把他给忘了，而是他和其他一些形象一起，构成了今天的我，我已不再能分清彼此了。

1

这就是人物形象的力量。

如果读完一部小说，你记住的是作者的风格，或者故事的情节，那我觉得你读到的是一部失败的作品。

好的小说，一定始于人物，终于人物。故事没有别的目的，它一定是在展现人物，就是展现人物的个性。有的时候，我们看完电影，读完一本小说，会把故事忘掉，把情节忘掉，却很难忘记一个性格鲜明的人物形象。

读完《红楼梦》，你可能不会记得那些具体的情节，甚至人物的关系你也很难一次性搞清楚。但是，你的心里会有林黛玉、贾宝玉、史湘云、薛宝钗的形象。

很多小说家写小说的最初欲望，往往就是发现自己有一个或几个有意思的人物形象，迫切地想要介绍给读者，于是构思出相应的细节、场景，让读者感觉到这个人物。而初学者往往喜欢急急忙忙把故事往前推，以为是故事在吸引着读者，而忽略了人物塑造。这样的小说容易节奏失衡，且没有感染力。

塑造人物，要少而精。

菲茨杰拉德说：先塑造一个个体，你会发现你已经创造了一类人；先塑造一类人，你会发现你什么都没有创造。

老舍说：把一两个人物写好，当然是比写二三十个人而没有一个成功的强多了。写一篇小说，假如写作者不善描写风景，就满可以不写风景，不长于写对话，就满可以少写对话；可是人物是必不可缺少的，没有人便没有事，也就没有了小说。创造人物是小说家的第一项任务。

人物性格、行为都仰赖冲突来表现？恰恰相反。我们之所以发现小说中有冲突，是因为人物之间有差异。

金庸的武侠小说，作为通俗小说，情节可谓丰富，冲突也是激烈的。即使如此，他写小说的方法，也不是把精力放在情节和故事上。他说他花非常多的时间建立角色，在他脑中想好所有角色，角色完整到已经完全有生命的地步。他说，只要角色到了这个地步，把他们放到任何状况里，“他们自己就会跑”。

把两个鲜活的、有个性的人物放到一起，冲突自然就有了，情节会自动展开。

2

詹姆斯·伍德说，他受够了这种一开头就暴露出“菜鸟”水平的千篇一律的人物特写，像在解说一张照片：

> 我母亲在烈日下眯着眼睛，手里面因某种原因拿着一只死野鸡。她脚上是老派的系带靴，手上戴白手套。她看上去悲惨极了。然而，我的父亲却怡然自得，就像一贯的那样无法无天，他头上那顶从布拉格买的灰绒软毡帽，从小就给我留下深刻记忆。
>
> （《小说机杼》）

很遗憾，现在很多人都这么写小说。他们还可以举出名家的例子来说明这样写是无可厚非的。他们不知道，名家里有很多冒牌货，即使不是冒牌货，也有犯傻的时候。

契诃夫的建议是，第一时间让人知道你的人物内在的动机。

你的人物想要什么？爱玛·包法利想要罗曼蒂克的生活；林黛玉渴望坚实的情感和独立的生活；堂吉诃德想成为一个骑士，为此他愿意被囚禁在自己的幻想中。

人物没有渴望，就不会与他人和世界发生真正意义上的接触。小说的篇幅就会很短小，像一幅速写，无法真正活动起来。

另外，我越来越相信，要塑造人物的性格和渴望，首先作者要有自己的性格和渴望。说得具体一点，就是作者要有的放矢，意义是在二元对立中产生的，你总得有个东西要去对抗、去辨析，才能塑造出有意义的人物来。

比如说，鲁迅相信，旧社会和旧文化必须全盘推倒，中国才有希望，没有折中之道。他想要反对的，是那些折中主义者，他们认为完全脱离旧文化的新文化需要付出惨痛的代价，平稳过渡才是可取之道。所以，鲁迅有强烈的情感投射到“阿Q”“祥林嫂”“孔乙己”们身上。“君子立象以尽意”，这个象，在小说里首先指的就是人物形象。

再比如，伏尔泰相信，这个世界完全是随机、混乱和无序的，需要人文精神和批判精神去重建。他要反抗的是整个基督教世界观，甚至包括第一流的哲学家，比如莱布尼茨——他相信这个世界是上帝所能创造的最好的世界。所以，伏尔泰必须用辛辣、刻薄的笔法刻画一个荒诞的老实人，才能反证他所不以为然的主流观念之虚假。

现在最大的问题是，我们当代的很多作者找不到自己的敌人在哪里。他们感到歌舞升平、太平盛世，原先的苦难叙事不管用了，欲望叙事又被用滥，只好玩一些叙事上的把戏，或者弄一些小小的智力游戏，在人物塑造上搞隐喻和象征，以为这就是文学的出路。他们不想反对任何东西，因为他们对自己心满意足。因此，他们也不想让自己的人物处于真正紧张的对立之中，只好继续搞些令人头疼的婆媳关系、竞争游戏。

实际上，这个时代虽缺少共识，但价值的多样也是前所未有的。这些就是人物塑造的宝库，也是人与人之间矛盾冲突的渊薮。因为人物的终极矛盾，是信念的矛盾。谁会否认，我们眼下正处在一个极致矛盾的时期呢?

有人相信青春的美好，相信乐观的力量，相信完美爱情的可能性。也有人相信人性的愚蠢无可救药，相信爱情和婚姻是违反人类灵性的动物本能。

有人相信科学的进步、社会的发展、政治的纠错，相信未来总是会变好。也有人相信政治灾难的永劫轮回、科技的毁灭性副作用、文明复杂度与稳定性的不可兼容，导致人类末日不可避免。

如果你有自己真正的价值观，有独立思考的能力，你只要塑造出一个鲜活的形象，他就不可避免地会与周围的环境发生冲突和对抗。这个世界还远未到和谐的境地。历史并没有终结。

3

从罗曼·罗兰的例子就可以知道，塑造人物并不是凭空虚构。一般来说，常用的办法有四种：

1. 剖析自己：从自己内心去发掘。
2. 借用原型：从他人身上去借鉴。
3. 精心设计：从理性和经验出发去设定。
4. 综合使用以上三种方法。

从第一种说起。从自己身上取材，很好理解，但也不要刻板地理解。不是说从自己身上取材，就一定要写成自传体，或者严格遵循自身的现实形象。如果你真的深入了解过自己，就会认识到，每个人都不是统一的整体，而是不断变化的阶段性人格的排列组合。

所以，奈保尔说："每当必须要写一部小说时，我总是要塑造一个和自己背景大致相同的人物。为了解决这个问题，我思考了很多年。答案是勇敢地面对它——不是要创造一个虚假的人物，而是要创造一个人物成长中的不同阶段。"

也就是说，我们用自身的形象塑造小说人物时，往往只取某一个阶段的形象，或者某一方面的人格。其他方面，可以由想象补足。而想象，则由内心真正的主题和情感驱使。

E. M. 福斯特说："我只能写三种类型的人：一种是我眼中的自己，一种是激怒我的人，还有一种是我想成为的人。当你碰到像托尔斯泰这样真正伟大的作家时，你会发现他们能驾驭所有类型的人。"

实际上，托尔斯泰也不能驾驭所有类型的人，他写得最成功的人物形象，也是他眼中的自己、激怒他的人以及他想成为的人。他对眼中的自己持批判态度，对激怒他的庸人极尽嘲讽之能事，对他想成为的人则给予各种理想的寄托。《战争与和平》中，每当托尔斯泰写到拿破仑的时候——这是他既不了解，也缺少情感的陌生形象，他就变得不那么自然了，显得有些局促。

即使从自己身上取材，小说中的人物形象仍然需要借助很多现实原型，这一方面可以保持人物和作者的安全距离，另一方面可以增加人物的层次和表现力。

对原型人物的改造利用，需要写作者拥有一定的观察能力。

一个经典的例子，是福楼拜对莫泊桑的教导。

> 当你走过一个坐在自己店门前的杂货商面前，走过一个吸着烟斗的守门人面前，走过一个马车站面前时，请你给我描绘一下这个杂货商和这个守门人，他们的姿态，他们整个的身体外貌，要用画家那样的手腕传达出他们全部的精神本质，使我不至于把他们同任何别的杂货商人、任何别的守门人混同起来。还请你只用一句话就让我知道马车站有一匹马同它前前后后五十来匹是不一样的。

福楼拜并不是光说不练，因为他自己的小说证明了他的卓绝的观察能力，这种能力必定来自长期自觉的训练。比如，朱利安·巴恩斯发现，福楼拜在《包法利夫人》中写到爱玛眼睛的颜色，具体入微到几乎有些矛盾的地步，我们来看看小说中几段相关描写：

> 1. 就她的美貌而言，她的美在于她的眼睛：虽说它们是棕色的，但由于眼睫毛的关系，它们似乎是黑色的……
>
> 2. 她的眼睛在他看来还要大，特别是当她刚刚睡醒、啪嗒啪嗒连续眨着眼睛的时候；她人在阴暗中时，眼睛是黑色的，在大白天时，又是深蓝色的了；而且它们似乎包含着多种层次的颜色，越往下色泽越深，而越往光亮的表层，色泽就越淡。

> 3.（在一次烛光舞会上）她的眼睛似乎更加黑了……
>
> 4.（与罗道尔夫幽会后）她的眼睛从没有这么大、这么黑过，也没有如此深邃过。
>
> （《福楼拜的鹦鹉》）

那么，爱玛的眼睛到底是什么颜色呢？为什么福楼拜会这样细致地写到爱玛的眼睛呢？纳博科夫自己大概也观察过，有些女人的眼睛颜色，会随着光线的变化而变化。而他相信福楼拜绝对不是轻易写下这些细节的。

马克西姆·杜康是福楼拜的好友，他知道福楼拜写的人物原型是谁。在《文学回忆录》中，杜康详尽叙述了爱玛的原型，她就是鲁昂附近一个卫生官的第二任妻子。

> 这个第二任妻子人长得不漂亮，她小小的个子，一头单调乏味的黄发，脸上满是雀斑。她骄傲自负，鄙视她的丈夫，在她眼里，他就是个傻瓜。她长着一个圆圆的、洁白的身子，娇小的身子穿戴讲究，她的气质和动作里透着灵动和波浪般的起伏，像油滑的鳗鱼。她的嗓音，因带着下诺曼底口音而显得粗俗，但语气中总是充满了关切之意，还有她的眼睛，根据光线的不同，颜色变幻不定，绿色、灰色或蓝色，流露着恳求的神情，而且这种眼神一直没有离开过她的眼睛。

可见，福楼拜不得不细致描绘爱玛的眼睛，说不定，正是这位卫生官妻子那双眼睛，才使得他心中爱玛的形象具体起来。

4

毛姆是个高产作家，他之所以有那么多素材可以写，是因为他为了写作而生活，用一种相当功利的态度看待现实中的人物。

> 我的想象力较为贫乏。我采用活生生的人，按照他们的性格所揭示的，把他们放置在或悲剧或喜剧的情境当中。我或许可以说，他们创造了自己的情境。
>
> 如果我认定，跟我谈话的这个人根本不值得写进任何一本书中，我会丧失对他的一丁点耐心。
>
> （《总结》）

毛姆到处旅行，几乎每次旅行都会有丰富的斩获。1919 年年末到 1920 年年初，毛姆来到中国，逗留了短短的三四个月时间，一般人大概也就走马观花看一圈而已，而毛姆却搜集了一堆的原型素材，回到英国后，毛姆给他的经纪人写信道：不管怎么说，我搜集了很多资料。他用这些资料写出了三部作品：一部戏，《苏伊士之东》；一部小说，《面纱》；还有一部游记，《在中国屏风上》。

这确实非常夸张。不过如果我们再仔细看一下毛姆对原型的处理，就会觉得这种效率也有不妥当的地方。他对原型的利用，几乎是直接照搬，而不是深度加工。所以，在《面纱》出版之后，毛姆便摊上了诉讼——故事背景地之一的香港，有个叫雷恩的官员曾与毛姆有过深入交流，他发现毛姆在小说中恶意中伤他本人。小说中的人名、地名乃至事件，确实都和他本人惊人的一致。毛姆无法反驳。他不得不将故事发生地改为“清廷”，并且适当调整了细节，出版社也只好将书收回重印。

相比较而言，陀思妥耶夫斯基虽然也常用现实原型做人物形象，但他的态度就严谨得多。可惜我们国内没有出版陀思妥耶夫斯基的写作笔记，据昆德拉在《被背叛的遗嘱》里说，陀思妥耶夫斯基为《群魔》做的笔记就有七本。在七星文库版中，笔记共有四百页之多，而整部小说也不过七百页。“主题在找人物，人物也在找主题，人物长时间争抢主角的位子；斯塔罗夫金应该结婚吗？但‘跟谁’呢？陀思妥耶夫斯基先后为这个人物选择了三个配偶，等等，等等。（矛盾只是表面上的，作品结构越是经过精心计算，人物也就越是真实自然。）”

现代小说确实对构思人物提出了更高的要求，古典小说可以从一个大致的、标签化的形象出发，带出一个有意义的世界。现代作家很少这样随意。一方面是因为那些信手拈来的原型人物已经被写尽了，另一方面则是因为我们生活于其中的世界正变得越来越复杂，越来越像一团迷雾。曾经清晰明朗的世界观和生活观，如今在海量的信息中变得暧昧不明。写作者需要动用更多的理性和思辨，选择人物原型，精心设计各种组合，以期富有新意地表现现代人的分裂和矛盾。

实际上，精心设计的人物也需要原型和自我剖析。最有效、最便捷的办法是原型组合。你对某类人物具有某种自我投射，那才是创作的起点。完全凭空虚构的人物，很难避免虚假和陈词滥调。

海明威说：小说中的人物不是靠技巧编造出来的角色，他们必须出自作者自己经过消化了的经验，出自他的知识，出自他的头脑，出自他的内心，出自一切他身上的东西。

从这个意义上说，小说人物的塑造，最终还是要看人生阅历的广度和深度。

5

正因为人的形象变得复杂了，所以小说中的人物需要“养”一段时间才会真正鲜活起来。就跟现实中一样，你越了解一个人，就会觉得他越不像他自己。外表并不是他的本性。比如有些对外人很友善热情的人可能是个残暴的父亲。只有足够长时间的观察和交流，你才会真正了解一个人。

对人物的挖掘越深，就越能够赋予小说以超出预计的深度。好莱坞的资深编剧也深谙此道，在创造人物之前，他们往往会给想象中的人物形象做大量的访谈和心理分析，通过这些材料去发掘人物隐秘的内心。

罗伯特·麦基写了一本经典的好莱坞编剧指南《故事》，其中就有这么一个忠告：“我们心血的百分之七十五或更多部分，都花费在人物深层性格与事件设计安排的连锁关系上，剩余的精力才用于描写和对白的写作。”人物对故事的重要性几乎是压倒性的，电影如此，小说更甚。

关于“养”人物，屠格涅夫说：“这有点像梦。你在小说里的人物中间走来走去，看见自己在他们中间，直到彼此成为熟识的老朋友。我看他们并听到他们的声音，我才动笔。动笔前，我会拟好所有登场人物的履历表。”

契诃夫是这方面更出色的行家里手。他“养”的人物多，“养”的时间也长，以至于他都写不过来。他说：

> 我头脑中的五个中篇小说和两部长篇小说已经构思了太久，以至其中的几个人物在我落笔之前已经老得跟不上潮流了。我脑袋里有一大队人马乞求出来，就差我一声命令。就这一点来讲，较之那些我希望写出的作品，我正在写的都是垃圾。凡是我正在写的东西都很无聊，激不起我的任何情绪，但凡是那些还在我脑海里的故事都很有趣，能推动我去写，也让我很兴奋。

这真是天才的明证，叫人“羡慕嫉妒恨”。但如果你去读契诃夫的手记，看看他的海量书信，就会明白，他几乎无时无刻不在创作状态，一心想的事情就是写作，就是如何让文字真诚有力。

海明威是一个自传型作家，他的人物身上，都有一些明显的自我特征。即便如此，他也长期搜集着人物形象，在内心滋养着它们。

《老人与海》中的圣地亚哥，最早的苗头要追溯到1936年海明威当记者的时候写的一则报道。报道很短，是个“豆腐块”而已。

> 有一个老人独自在加巴尼斯港口外的海面上打鱼，他钓到一条马林鱼，那条鱼拽着沉重的钓线把小船拖到很远的海上。两天以后，渔民们在朝东的方向六十英里的地方找到了老人，马林鱼的头和上半身绑在船边上，剩下的鱼肉还不到一半，有八百磅重。原来老人遇到了鲨鱼。鲨鱼游到船边希冀那条鱼，老人一个人在湾流的小船上对付鲨鱼，用桨打、戳、刺，累得他筋疲力尽，鲨鱼却把能吃到的地方都吃掉了。渔民找到他的时候，老人正在船上哭，损失了鱼，他快气疯了，而鲨鱼还在他的船边打转。

这个形象当然不是圣地亚哥，不是那个倔强的老头。可以说，是那个老头的反面。正是从这里出发，海明威开始想象一个形象，来修补这个真实原型的不足。直到十六年后的1952年，海明威才发表《老人与海》，写出了文学史上最经典的硬汉形象。

整部小说不过两万七千余字，海明威自称修改过上百遍，实实在在的千锤百炼。也是他所谓冰山理论的典范代表。

但这部不长的小说实际上构成了对海明威一生的总结。作为一个虚无主义者，海明威很清楚，他一无所有地来到人间，然后将两手空空地离开。人的奋斗是悲壮的，这种悲壮就是人生的唯一价值。

他在这个老人身上，倾注了太多的厚望。花了八年的时间，他才最终接受《老人与海》对他命运的宣判。也花了八年时间，海明威耗尽了《老人与海》带给他的最后的人生信念。此后，海明威没有发表任何文学作品，1961 年在爱达荷州凯彻姆的家中用猎枪结束了自己的生命，时年六十二岁。

海明威曾经设想的老年生活，首先他声明要做一个风趣又智慧的老头，看所有最新的摔跤手、马球手、单车手、模特、斗牛士、画家、飞行员、咖啡馆、国际名妓、饭店、陈年老酒和新闻词汇；他要给他的朋友们写信并收到回信，他希望八十五岁时候，做爱技巧依然一流；他不会只坐在公园的长椅子上，而是会沿着公园的小路边散步边喂鸽子；他表示不会留长胡子，永远不会去看尼亚加拉瀑布，一定要去参加赛马，为自己组建一个年轻的球队。

可惜，他终究不是自己笔下的人物。

6

最后，关于人物塑造，还有必要澄清一个广泛的误解。这个误解来自我们的文学史和教科书：大作家充满对小人物的关爱，因为他们喜欢塑造小人物。

什么是小人物？历来的文学教育，提到小人物的时候，强调的是他们的阶级属性，比如劳动人民、市民阶层、小职员被认定为标准的小人物，能够代表最大数量的人民群众。他们将文学中的这类形象当作大众的代言人，塑造小人物成了一种政治正确，只要你将目光投向平凡无奇的农民、工人和底层人物，就意味着你代表着广大受压迫的阶级，是一种正义的姿态。

这是现实中小人物的定义，而在文学中，这套方法行不通。

实际上，我读了这么多年小说，可以字字铿锵地说一句，没有读到过一个喜欢刻画“小人物”的大作家。大作家刻画的人物形象，不管人物是什么出身、什么阶级，都务求能够得到一种深远的典型意义。换而言之，这些人物具有某种重要的精神价值。在文学中，我们不能以人物的社会地位和经济地位来判断他是不是小人物，而要从精神层面来给他们定位，因为文学写作是一种精神追求。精神上的小人物，在大作家眼里是不值得大书特书的。

契诃夫批评冈察洛夫的小说《奥博洛莫夫》时，针对的就是他的人物太微小：

> 伊利亚·伊里奇并不那么出色，以至值得为他写上整整一本书。他是一个肥胖而松弛的懒汉，像他这样的人很多，他的性格并不复杂，平凡而又卑劣，把这个人物拔高为社会典型，这样做是过分的。我问我自己，如果奥博洛莫夫不是一个懒汉，那他又会是什么呢？我回答说：什么也不是。既然如此，就让他去睡懒觉吧。其余几个人物都是微不足道的，他们都有一点儿列伊金作品中的人物的味道，写得粗枝大叶，倒有一半是杜撰的。他们并不说明时代的性质，也不提供新东西。
>
> （《契诃夫书信集》）

可想而知，契诃夫是绝不会去写什么小人物的，他写的人物起码要有典型意义，或者本身富有新意。

鲁迅对小人物也没有兴趣。孔乙己不是什么小人物，他是一个没落文化的底层代表，他是每一个知识分子的噩梦。祥林嫂也不是什么小人物，她是一个善良、坚韧的受难者，她身上背负的苦难也不是她一个人的，而是整个乡土社会的“肿瘤”。

托尔斯泰写过一篇很小的短篇小说，叫《穷人》。一个渔夫家里一堆的孩子又冷又饿，嗷嗷待哺，而他们却毫无条件地将死去邻居家的孩子接到家里来了。你敢说托尔斯泰写的是小人物？你见过哪个小人物发出如此的光芒？陀思妥耶夫斯基的成名作也叫《穷人》。一个社会地位极其卑微的抄写员，内心充满着深沉的爱意，他付出自己的一切去保护心爱的女孩，他的内心如此敏感、激动，他深藏着爱意，无视自己的苦难，当女孩在贫病交加中离开他时，他的痛苦是如此巨大，我们不可能看不到他是一个大写的人，一个我们很少有人能比得上的充分的人。

不，他们不是小人物，他们是边缘人。所有重要的人物，都是边缘人。在小说取材的时候，我们应该认定，边缘人是更可取的人物。

这是因为，边缘视角更容易发现生活的荒谬，也容易发现生活的真实、趣味和复杂。我们熟视无睹的一切，必须以特别的眼光来观察和感受，才会重新变得陌生、新奇。

说到底，文学和艺术就是我们看待事物的眼睛。从中心看出去，我们会迷失，难以窥见全貌。而文学和艺术本身就处在社会的边缘，旁观者往往有更好的视野。

第六日

所谓的故事

0

离开学校，进入社会之后，男孩渐渐跟以前要好的朋友失去了联系，但他很奇怪地发现，那些他曾经的朋友们，彼此之间依然关系亲密，只有他被排除在圈子之外。他很想知道为什么，于是试图回忆学生时代的往事，看看问题到底出在哪里。他意识到自己的腼腆一直被误解，他也想起自己遭受过的不公平待遇，发现自己的失落其实早有苗头。很多年过去了，人到中年，因工作而偶遇曾经的朋友，他试图重新接近他们，然后发现一切都跟自己想的完全不一样……

这很像一个故事，或者说一个故事的开头。朱利安·巴恩斯获得布克奖的小说《终结的感觉》和村上春树《没有色彩的多崎作和他的巡礼之年》，实际上用的是跟这个故事一样的原型：关于对青春岁月的回望和发现。

然而，这两本小说的区别实在太大了。如果我不直接告诉你，即使你读过这两本书，你可能也发现不了。

朱利安·巴恩斯是一个颇具智性的作家，他的小说形式上比较新颖，语言讲求思辨性，他把这个关于青春的故事讲得独具一格。小说篇幅相对较小，一百多页而已，分量却相当足，关于一个人一生的跨度，关于记忆的不可靠，读来发人深省。

小说是以第一人称叙事的，一个六十多岁的独居老人托尼，回忆四十多年前的几段往事，关于他青春时代的几个朋友，以及一段恋情。朋友中最聪明的那个艾德里安，最后才加入他的小圈子。在课堂上，艾德里安不论是谈论历史还是诗歌，其见解之深刻都使同龄人望尘莫及。托尼感觉到了这一点。他和出身良好的维罗妮卡相恋，某个周末去她家住了两天，他感受到维罗妮卡家境和文化上的优越，这让他处处设防、提心吊胆。不久，他和维罗妮卡分手了。很快，维罗妮卡和艾德里安走到了一起。托尼没有祝福他们。没过多久，艾德里安自杀身亡，托尼陷入震惊。

而生活还在继续，托尼远离了过去的生活和记忆，旅行，结婚，生儿育女，度过了中年时代，迎来自己的暮年。直到有一天，四十多年前的往事找上了他：维罗妮卡的母亲在遗嘱中给他留了五百块钱，以及艾德里安的日记本。而维罗妮卡不打算交出日记，托尼受到好奇心的驱使，想知道四十年前到底发生了什么，导致艾德里安的自杀，以及为什么此时已步入老年的维罗妮卡生活如此落魄，于是一直跟维罗妮卡纠缠，索要那个日记本。直到最后，小说的悬念才最终解开，读者倒吸一口凉气，感叹：原来如此！这时，读者才意识到，“我”讲述的一切都是不可靠的，因为记忆本身完全受到个人的扭曲、筛选，每个人都或多或少通过篡改回忆的细节来为自己辩护，为自己塑造相对良好的自我感觉。

时间和记忆，这是永恒的终极主题，也是巴恩斯最擅长的主题。按照巴恩斯自己的说法，记忆就是身份，你做了什么事，你就是怎样的人；你做的事情在你的记忆里；你记得什么，就定义了你是谁；当你忘却，你的人生便停止了存在，就算你还没有死。

村上春树对这个青春故事的处理，就显得平淡很多。小说也是第一人称叙事，叙事的是多崎作。在名古屋上高中时，多崎作有四个非常要好的朋友，两男两女，他们的姓氏都带有色彩——“赤”“青”“白”“黑”，唯独多崎作的姓名中没有色彩，也只有他离开名古屋到东京读大学。大二假期返乡之际，四位朋友突然告知多崎作，他们要与他绝交，而且没有说明任何原因。多崎作深受打击，几至形销骨立，许久才恢复过来。

十六年来，多崎作和他们始终没有再见面。如今已经三十六岁的多崎作，在女朋友的劝说之下，终于下定决心，一一拜访当年的四个朋友，讨个说法，弄清真相。由此开始他的“巡礼之年”。当最后一块拼图集齐，谜底揭开，十六年前的秘密、十六年间的变化，以及十六年后的结局，都使人感慨万千，唏嘘不已。

村上春树最擅长的主题，就是这种青春的失落感，是一种怅然的寂寞和伤痛。在形式上，他的处理也更平白、绵密，有时会显得过于累赘。他不喜欢写篇幅紧凑的小说，所有故事到他笔下，都会变得细节充沛、感触细腻。

以上两本书，我都没有剧透，想知道最终结果的，只有自己去读书。我们每个人看过这两本书之后，都可以试着去编一个自己的青春故事，如果有机会重访往事，你想带读者发现什么？

无论巴恩斯和村上春树之间的差异有多大，抛开讲述的方式来看，他们讲述的故事却有太多相似之处。那是因为，从结构和模式上来讲，故事本身其实是没有多少新意的。真正有新意的是你讲述它的方式。

比如流浪汉的故事，已经讲过无数遍，还可以讲无数遍，永远不会让人厌烦，它是故事最简单、最有效的模式。《堂吉诃德》《好兵帅克》《匹克威克外传》《格列佛游记》《黑暗之心》《迈克尔·K 的生活和时代》讲述的都是一个人踏上一段冒险的旅程，遭遇形形色色的人物，经历种种危险和起伏。这个人的身份、面貌和观念不断发生变化，他所处的环境也从不重样，由此幻化出无数个故事。

那么，故事对小说来说重要吗？小说就是讲故事吗？

不能一概而论。有一些写作方面的老手，要么对故事不屑一顾，要么就是痴迷于讲故事。也有人说，所谓的故事，就是人物如何解决自己的问题。只要你设置好人物以及他（她）面临的具体问题，故事就设置好了，不需要你再去多费心思。

然而，同一个故事不同的人讲述，效果却大不相同。这又怎么解释？它涉及语言、节奏、细节、情感等多方面的融合。有一点可以确定，那就是故事的主题是重要的，而主题不能脱离人物和故事独立存在。我们对什么样的故事感到痴迷，对什么样的人物形象感到有激情，源于我们对什么样的主题有兴趣。

一般而言，伟大作家会严格聚焦于几个重要的观念，与自己所处时代息息相关的观念，甚至只专注于一个能点燃其激情的主题。海明威痴迷于如何面对死亡，他目睹了父亲自杀后，这一问题成为他生活和写作的中心主题。所以，战争、拳击、打猎、黑帮火并、斗牛，这些题材的故事会让海明威激动。

狄更斯热衷于命运的反转和亲人的找寻，莫里哀的主题是控诉17世纪法国的愚蠢和堕落，福楼拜的主题是清算自身的浪漫主义。他们对各自主题的思索，决定了他们擅长讲哪些故事。

托尔斯泰最热爱的主题是探索人的自我救赎，在这一方面，他讲述的故事是无人能敌的。陀思妥耶夫斯基的主题是纠正人对社会和他人的简单化理解倾向，揭示人性被忽略的阴暗和复杂，他要讲述的故事都会把人物逼到某种极致，逼问出丑陋、残忍，最后又从这丑陋、残忍中逼出人性的闪光。

普鲁斯特的主题是捕捉回忆和人的意识流动。卡夫卡的主题是精确描述人类社会的内在运作机制并将其荒诞和冷酷的本质暴露出来。他们都没办法对一般意义上的故事感到满足，因为那不符合他们的主题。

这就是为什么同样写青春时代的迷惘，有人写成清新的校园爱情故事，有人写成痛苦的个性成长故事，郁达夫写成忧国忧民的沉沦故事，鲁迅写成全面批判国民性和社会现实的悲剧故事，库切写成艺术家放逐自我/找寻自我的反思故事，福楼拜则试图呈现人类精神生活的全部可能性。

所以，与其对故事感兴趣，不如对主题有讲究。如果你对什么问题都没有深入的兴趣，没有某种激情，只对故事和情节着迷，那么我不得不说，你是个糟糕的读者，如果你动手写点什么，那么我也可以确定你是一个糟糕的作者。

相比较于故事的单调，主题的平庸要触目惊心得多。题材本身并无大小，对主题的把握能力却大小有别。关于底层人物的悲惨生活、童年生活中的感悟、人际交往的得失，你需要获得对重大主题的思考能力，才能将这些故事写得足够出色，足够有力量。

1

前面说到故事其实很简单。它到底有多简单?

一位受到神话学专家约瑟夫·坎贝尔《英雄之旅》影响的美国编剧，名叫克里斯托弗·沃格勒，他写了一本书，名叫《作家之旅》，他提出了一个几乎万能的故事模式，并且影响了很多的故事讲述者。沃格勒指出，所有的故事都是由几个常见的结构组成的，它们不断出现在各种童话、神话、戏剧和电影里。

他还说，从本质上看，不论如何变化，主人公的故事总是一段旅程。主人公离开舒适、平淡的地方，到充满挑战的陌生世界去冒险。这段旅程可以是外部世界之旅，也可以是内心之旅。在所有精彩和有效的故事中，英雄——也就是我们的主人公，都会成长和改变。

具体的旅程，我们可以用下面这几个模块来描述：

1. 英雄出场在正常世界里
2. 他受到冒险的召唤
3. 他起先会有所迟疑或者拒斥召唤
4. 他会受到导师的鼓励
5. 越过第一道边界而进入非常世界
6. 遇到了考验、同伴和敌人
7. 他接近最深的洞穴，越过第二道边界
8. 通过磨难
9. 他获得了报酬
10. 在返回正常世界的途中遭遇困难
11. 他越过第三道边界，经历了自身的改变
12. 他带着旅途中的所得，回报正常世界

当然，沃格勒也反复强调，这个英雄之旅的模式只是一个骨架式的框架，具体的故事应该有血有肉，也就是具有细节和惊奇。英雄之旅的结构本身不应该吸引太多的注意力，也不应被亦步亦趋地效法。

要举例子来证明这个模式的有效性是很容易的，每个人都可以在自己的脑海里找到对应的情节。而寻找反例

时，我们大多数时候只能想到反情节的实验小说和实验电影，从数量上讲毕竟是少数。

难道我们知道了这个模式之后，就可以讲好一个故事了吗？很难说。台湾有个教创意写作的作家许荣哲，他在教学中提出了一个更简单的故事公式，声称在教学实践中，原本不会讲任何故事的学生，可以在三分钟之内照着公式讲出一个故事来，完全不用怎么思考。这个公式分七步，你只需要一步步回答公式提出的问题，组合起来就形成了一个故事，或者说故事大纲：

1. 目标：你的主人公有什么目的？
2. 阻碍：哪些事物阻碍主人公达成目的？
3. 努力：为实现目的，主人公做了哪些努力？
4. 结果：努力后取得怎样的初步结果（或不好的结果）？
5. 意外：是否有努力之外的意外来改变原来的结果？
6. 转折：意外如何引起全面的改变？
7. 结局：最终的结果怎样？

其实，故事的简单性和可重复性不是什么新鲜的发现，我们的老祖宗对此早就了然于胸。全世界的童话故事与民间传说，在文字形成之前，就以口口相传的形式在各个民族之间流动，因为它们有固定的模型和套路，像是一套语法。普罗普的《故事形态学》以及结构主义文论，也都持有相似观点。

如果我们的目标只是在茶余饭后口头讲述一些故事用以消遣，掌握了这些公式，也就差不多了。然而，距离真正的小说阅读和写作，懂得这些是不够的。

所有的故事公式都只是一种练习方式，是讲故事的辅助，也是故事最浅显的层面。如果你已经具备了讲故事的直觉，以至于无视了这些套路，就相当于你掌握了一门语言之后，不会再刻意去注意自己说的话是不是符合语法。

关于故事的简单性，我们还需要知道的是故事的类型，或者说原型，这有助于我们尽快找到属于自己的兴趣领域。

弗莱根据主人公能力大小及其与环境的关系，将所有文学作品分为五类：神话、传奇、高贵的模仿、低贱的模仿、讽刺。

这当然是很简单的划分，此外，还有各种各样的关于小说类型的区分方式。

比如，我曾经喜欢过的小说类型依次是：成长小说、寓言小说、元小说、自传体小说、艺术家传记小说、流浪小说、知识分子小说、犯罪小说、史诗架构的历史小说、桃花源母题小说、幽默讽刺小说，等等。

仔细回想会发现，对类型的喜好并不是随机的，而是具有典型的个人成长印记，我对自我和生活的态度的每一次改变都会反映到阅读类型的变化上。

我建议大家都去回想一下，自己对哪些类型的故事发生过持续的兴趣，很可能会发现一些有意思的事情。

另外，文学打动人，利用的是一些基本的情节原型。比如《一个陌生女人的来信》《苹果树》《穷人》《白夜》等之所以会让我们感动，是利用了“自我牺牲”的情节原型。此外，还有受难者、救赎、灾难、不合理之爱等。有人曾经做过统计分析，认为所有故事的情节原型，加起来不到三十六种；还有一种统计法得出的情节总数更少，只有二十七种。不论具体数字是多少，总之是非常有限的。

2

既然故事这样简单，为什么很多大作家都为找不到故事而发愁？

那是因为，如前所述，没有人适合讲所有的故事。有些故事属于你，有些不属于。你要做的，是找到属于自己的故事。这需要积累，也需要运气。积累加运气，我们就称之为灵感。

果戈理实在找不到一个好故事来写他心目中的作品，他已经憋坏了，因为一肚子素材和笑料，那么多俄罗斯的现实，散乱堆放在他心里，都渴望喷薄而出，可是找不到合适的出口。他不得不写信给普希金，乞求帮助："劳驾给个故事吧，随便什么可笑的或者不可笑的，只要是纯粹的俄罗斯笑话就行。只要给我一个故事，我马上可以写出五幕的喜剧，写出俄罗斯全部的愚蠢。"

普希金游历广泛，关注时事，他搜集到的素材和故事，一个人用不完，随手就给了果戈理两个。两个故事都关于骗子，都是真实发生过的事情。第一个故事是，一个六等文官在俄罗斯乡村到处收买死掉而尚未注销户口的农奴名额，然后用这些不存在的农奴做抵押，套取大量钱财。第二个故事是，一群地方官吏听到钦差大臣前来视察的消息，惊慌失措，竟将一个过路的小官员当作钦差大臣，对他百般殷勤、阿谀行贿，而小官员将错就错，享受着这些待遇。市长将自己的女儿许配给这位“钦差大臣”，做着升官发财的美梦，直到传来真正的钦差大臣到达的消息。

果戈理将这两个故事视若珍宝，激动不已，写下了两部不朽的名作——《死魂灵》和《钦差大臣》。如果没有高度贴合的故事，那些人物、素材、主题都无法充满张力地被呈现出来。故事的真正难度就在这贴合度上。

托尔斯泰曾经在很多年的时间里作为贵族阶层担任地方法院的陪审员，参与过司法系统的种种工作，因此他一直都想写一部小说，讽刺司法系统的荒谬，讨论人心获得拯救的终极途径，但是始终找不到合适的故事来表现这些素材。有一次，他听到他的朋友科尼谈起一个案件，讲的是一个地主作为陪审团成员，在法庭上碰到的被告是一个妓女，竟然正是当初地主引诱过的少女。

托尔斯泰非常激动，请求朋友将这个故事让给他。结果我们都知道，托尔斯泰据此写成了《复活》。

我们从这些例子中可以发现，素材是先于故事的，甚至可以说，你储备的素材会帮助你发现故事。如果托尔斯泰没有关于司法和自我救赎的素材积累，他对听来的故事是不会有感觉的，也不会讲好那个故事。

但也有时候，是一个故事震撼了我们，但我们不知道它能帮助我们达到什么地方，然后我们不知不觉地往这个故事里添加素材，直到故事成熟。

比如托尔斯泰《安娜·卡列尼娜》的故事原型，一开始是托尔斯泰朋友圈子里的一起自杀事件。1872年1月，俄国报纸报道了一位35岁妇女的死讯：衣冠楚楚，带着一包换洗衣服，女郎把自己扔入莫斯科外火车站一辆外国火车的车轮下。那位妇女的身份被确认为安娜·皮罗戈娃（Anna Pirogova）——托尔斯泰妻子的远房亲戚以及他好友亚历山大的情人。很快有小道消息说，亚历山大曾告诉安娜他计划离开她并娶他儿子的新女家庭教师。安娜对此无能为力，她给他留下一个简短的字条——“你是害死我的人，高兴去吧，如果杀人会是件乐事”，然后逃走，但中途决定自杀。

托尔斯泰本人后来参与料理安娜的后事，据说，托尔斯泰对这位女子死后模糊难认的遗体生出了难以磨灭的印象。但他并没有立即发现这个故事的重要性，也不知道它跟自己正在构思的大部头小说有什么关系，直到一年后他开始提笔写作这部长篇巨著。

只有平庸的作家才会对所谓故事情节的巧妙、反转扬扬得意。他们判断一个故事是否精彩，是以这个故事的刺激程度或者可读性来衡量的。他们把精力都放在对情节的编排上，以为这就是写作的要义，而在小说的其他方面，如人物和主题，只能承袭一些陈词滥调。

如果这就是文学写作，那我们确实很容易就可以入门，但也很容易就走到了头。

最忌讳的就是故事中其他的一切都很散漫：平庸的情感，平庸的观察，平庸的表达。写作考验我们的，是观察能力和感受能力。我们需要升华日常生活，才能找到真正普遍而重要的主题。

所以，面对一个故事，我们需要问几个问题，来判断它是否属于我们：

这是个值得讲述的故事吗？为什么？

我来讲述这个故事，有什么优势吗？

用什么方法来讲？别人已经这么做过了吗？

我有什么特别的东西需要表达吗？

3

那么，我们常常讲，一个故事很吸引人，如果不单单指情节，那究竟指的是什么？

一个重要的要素，我想应该是落差，或者说是意外和惊奇。形式主义批评理论曾经称之为“陌生化”，并声称这是文学性的本质。陌生化一方面是语言上的，另一方面也是情节上的。

人物采取行动时期望发生的事情，与实际发生的事情之间会形成一个反差。要在故事中构建一个个场景，我们必须找到这些迷人的反差。

堂吉诃德的每一个行为都是一种落差，因为他的反应总是跟我们的固定期待不同。司汤达笔下的人物，每一次行动所得到的效果也都违背我们的期待。好兵帅克每一次开口说话，我们都可以指望他有惊人之语。加缪的《局外人》从第一句开始，就与我们的正常认知存在巨大的反差。于是，我们在阅读这些小说时，会时时感到新奇和愉悦。

罗伯特·麦基那本广为流传的《故事》，将我这里说的这种情节称为故事的节拍。他说，如果你写出了一个节拍，其中的人物走到门口，敲门，等待，所得到的反应是门打开来，被礼貌地请进房间，那这一个节拍就是无效的，是死的，应该扔掉。每一个好的节拍，是一个动作发出后，得到一个反应，这个反应与人物原有的期待、与观众的期待都存在鸿沟。故事的类型是在预料之中的，但节拍越出人意料，也就越令读者和观众痴迷。

这里有一个反例。如果我们在一段小说中读到这样的段落，会觉得难以忍受。

> 张三笑着招呼："吃了吗？"
>
> 李四也笑着回答："吃啦！吃了吗？"
>
> "吃啦！"张三又笑着问道："近来可好啊？"
>
> 李四又笑着答："都还好。你呢？"
>
> "也还好。"

是的，现实生活中，我们确实每天都在发生这样的交流。但在小说中，这是我们需要忽略掉的内容。因为它的一切行为都在意料之中，让人厌烦，写这种台词，基本上就是在侮辱读者的智商。

但是，也不要想得这么绝对。如果换一个情境，这段对话很可能极具观赏性。如果我们在这段对话之前知道张三、李四两个人的个性和来历，情况就不同了。比如说，张三和李四是多年的仇人，此前结下的仇恨根本无法化解，张三苦苦寻找李四，很多年后，两人终于碰面了。当他们面对面的时候，他们笑着打招呼，互问对方吃了吗，就会是极好的台词，出人意料、暗藏玄机，读者的心会一直悬着，不知道下一秒将发生什么。

所以说，所谓的落差，不是靠单个情节来营造的。

有的人会问，文学作品不是反映现实吗？如果有这样一个人物，他的生活就是单调乏味的，要表现这种单调乏味，怎么能用落差或鸿沟呢？

答案是，选择人物脱离常规的动作和语言来表现他的常规状态。

比如，如果我写这么一个人，有一天他打了个手机运营商客服电话查话费，一听客服那女声热情亲切，他很舍不得挂掉电话，就把所有能查的项目都查了一遍。

这样写，就把他的无聊和孤独写出来了，而读者感觉到的，是某种程度的惊奇。

所谓的艺术，不是原原本本、老老实实地处理现实。我们之所以需要文学，就是因为文学可以让人愉悦地观察平凡的现实生活。

4

麦基的《故事》中还有一个重要论点我很赞同，那就是一切优秀的故事，都发生在一个有限的、可知的世界内。世界越小，作者的知识越完善，选择也就越多，说服力就越强。可信度并不是真实性，是指故事所发生世界的完整、统一、令人信服，即所谓的内在逻辑。故事一旦失去可信度，移情作用就会消失，我们便感觉不到任何东西了。

《罪与罚》是个微观世界。《战争与和平》是一部宏大的史诗级小说，但主要的故事只集中发生于三四个家庭。《红楼梦》如同一曲封建社会的挽歌，故事实际上只发生在贾府这一个小世界里。即使是流浪汉小说，如前面提及的《死魂灵》，故事的场景看似变幻不定，主角乞乞科夫走访大小农庄，但实际上故事的发生地集中于作者最熟悉的那种偏远乡村。

构造一个可靠的世界，一般来说，意味着将故事放置在自己最熟悉的环境中。但历史题材和科幻题材的作品，就需要对故事的背景做一些研究。

按照麦基的说法："当背景研究达到饱和点时，奇迹就会发生。你的故事会蒙上一种独一无二的氛围，一种将它和有史以来所有讲述过的故事区分开来的个性，尽管故事已经多得数不胜数。"在文学和电影中，所有的对背景知识的精确掌握，对时代氛围的沉浸式感知，对历史情境的忠实还原，以及对语言、服饰的谨慎考究，都是为了塑造具有说服力和感染力的人物形象。这些准备最终会形成作者的下意识，故事和文字就像水一样自然流淌出来。

在这样的时候，你要做的事情不是抓耳挠腮地构思故事，而是对源源不断涌现出来的场景进行选择和甄别。这个时候，才是创作的最佳状态。

如果一个故事用上了作者所写到的每一个场景，这样的作品几乎肯定是失败的。所谓的创造力，实际上是一种严酷的筛选、一种苛刻的评判。唯其如此，才能摒除文字中的平庸、虚假和谎言。

5

所有形式的故事，本质上都是关于时间的艺术。小说也是如此，正如雕塑和绘画是空间的艺术。

古典的戏剧讲究三一律，实际上就是要求我们尽可能将故事发生的时间、空间压缩，集中呈现在观众面前。这是一条古老的定律，也是最有效的定律。我们不想让故事太散乱，就要在时间的安排上下功夫。

如果主人公面临一个困境，他解决这个困境的时间期限是三十年，我们基本上已经对这个故事不抱期望了。但如果只给这个人物一天的时间来处理一个重大的危机，张力瞬间就产生了。这就是为什么，如果我们要讲述一个人的一生，并不需要从他出生的那一刻讲起。你完全可以只讲他一生中最与众不同的那一天，他的人生可以从这一天的叙事时间里折射出来。看过茨威格的中篇小说《一个女人一生中的二十四小时》，你不会对这个女人感到陌生，因为她的整个人生都被呈现了出来。篇幅浩瀚的《尤利西斯》，实际上只讲述了几个人物二十四小时之内发生的故事。《鹰溪桥上》里写的故事，实际上只是主人公濒死的短短瞬间，却以奇妙的方式展现了他饱满而绝望的求生欲，以及他生命里最重要的那些人和事物。

从某种意义上说，时间线的安排，即小说的终极结构；时间的速度控制，即叙事节奏的控制。

最笨拙的方式是按照时间的顺序来讲故事，这像高速公路的直线设计一般，超过十公里便会导致司机困顿，除了平庸之外，甚至还有安全隐患。小说的叙述讲究时间的停滞与快进，详与略便将时间的刻度区分开来。

热奈特根据叙述时间与故事时间之间的长度关系，来区分不同的叙述类型，主要可以分为以下四种：

1. 叙述时间短于故事时间，即概述。
2. 叙述时间基本等于故事时间，即场景。
3. 叙述时间为零，故事时间无穷大，即省略。
4. 叙述时间无穷大，故事时间为零，即停顿。

有些小说家如科尔姆·托宾认为，故事中真正的高潮，就是时间流逝最缓慢的时候，那就是寂静的时刻。小说中的停顿，很多时候充满着抒情的味道，会让读者受到极大的震撼。比如乔伊斯《死者》的结尾：

> 整个爱尔兰都在下雪。它落在阴郁的中部平原的每一片土地上，落在光秃秃的小山上，轻轻地落进艾伦沼泽，再往西，又轻轻地落在香农河黑沉沉的、奔腾澎湃的浪潮中。它也落在山坡上安葬着迈克尔·富里的孤独的教堂墓地的每一块泥土上。它纷纷飘落，厚厚积压在歪歪斜斜的十字架上和墓石上，落在一扇扇小墓门的尖顶上，落在荒芜的荆棘丛中。他的灵魂缓缓地昏睡了，当他听着雪花微微地穿过宇宙在飘落，微微地，如同他们最终的结局那样，飘落到所有的生者和死者身上。

这一段的叙述时间已经脱离了故事时间，显得无边无际，永恒而静止，这样的时刻是读者难以忘怀的。整个小说都在为这一刻的到来做铺垫。

6

故事的形式在变，但本质不变。16 世纪是戏剧，19 世纪是小说，20 世纪是电影，21 世纪是什么？有人说是虚拟现实游戏，有人说是人工智能为每个人量身定制的影像故事。

但实际上，小说依旧具有其他故事形式所不具备的优势。

文学最大的尊严，来自悲悯，来自人对人的洞察，来自对人类处境的反思。这也是文学最大的乐趣。我们经常认为有些文艺作品轻浮，原因就在于，创作者对于那些看上去与自己无关的重大问题视而不见。从电影、电视开始，故事形式日益受到资本的钳制，很难发挥真正的个性，很多时候也无法承担批判的重任。而文学依然是轻灵的，同时也是深刻的。

小说还远未穷尽它的可能性。

我们仍旧可以期待在小说中读到激动人心的故事。正如有的人所说，好的故事看起来像一场真正的梦，而平庸的故事看起来像是清醒的时候做的白日梦。这是因为，在平庸的故事里，没有下意识的活动。没有经过充分准备、长期酝酿，没有长年累月的思索、观察，下笔时就很难有下意识的涌动，也不会有真情实感的溢出。

通过阅读，我们有可能找到属于自己的那些好故事。它们原本都是沉睡的，如果没有文学，我们度过漫长的一生，几乎都不会发现它们。我愿意将这些好故事称为平凡人生中的顿悟时刻。

所谓的顿悟时刻，即每个人内心隐秘的转折点，体现的是观察自我、观察生活的能力。这样的时刻往往看似平淡无奇，有时候只是一次简单的萍水相逢、一场毫不起眼的别离，甚至只是一个眼神、一句戏语，而我们的内心经历了巨变。

卡夫卡的《变形记》《饥饿艺术家》《法的门前》《洞》等，都是属于他的顿悟时刻，他用属于他个人的方式，将日常生活陌生化、奇迹化，以此来表达他的那些顿悟。

英国小说家格雷厄姆·格林的墓碑上刻了罗伯特·勃朗宁的一句诗：

> 我爱看的是：事物危险的边缘；
>
> 诚实的小偷，软心肠的刺客，疑惧天道的无神论者。

这反映了格林眼中好故事的标准。他一生都在追求好故事。原则上说，任何活过童年岁月的人都已经有了足够的生活素材，足以让他在之后的人生中反复回味。如果你无法在很有限的经验中找到可写的东西，那么即便你有充足的经验，也没法写出来。

第七日

如何开篇

0

陀思妥耶夫斯基迷人的中篇小说《白夜》，讲述的是一个感伤、孤独、贫穷的幻想家“我”，在彼得堡漫长的夏夜里无所事事、整夜游荡。“我”没有一个朋友，但看到城里人都出去避暑，心里感到落寞，仿佛遭到了抛弃。“我”在一次夜游中偶然结识了美丽的少女娜斯简卡，这位少女正为心上人未能如约赶回彼得堡和她团聚而陷入忧愁。“我”为了保护娜斯简卡，决定在接下来的几个夜晚，陪伴她在大街上漫步，等待心上人。两个天真而落寞的人，都那么敏感而善良，互相讲述各自的生活，一起度过了几个难忘的夜晚。“我”对娜斯简卡越来越充满爱意，而娜斯简卡似乎也对“我”颇具好感。然而，那个年轻的大学生在最后时刻还是出现了，娜斯简卡陷入狂喜，“我”于是意识到自己的生活将回到原点。

这篇小说洋溢着陀思妥耶夫斯基作品中少见的纯情和

温暖，叙事的张力来自“我”那毫无节制的感伤和爱心。“我”渴望爱娜斯简卡，渴望爱任何人，爱彼得堡这座不夜城。

《白夜》无疑是一篇举世闻名的经典之作，却也引发了颇多文学公案。米兰·昆德拉和布罗茨基曾经就这部小说及其改编的话剧发生了一次论争。在昆德拉看来，陀思妥耶夫斯基将一切诉诸情感、唯情感至上的表达方式让他不舒服，因为他会想起苏联的坦克开进布拉格时，也是充满着这种俄罗斯式的抒情腔调。布罗茨基则认为昆德拉将两种截然不同的抒情混为一谈了，陀思妥耶夫斯基的情感表达，是一种幽微人性的抒发，他终生反对的，正是对人的这种情感加以控制和利用。

另一个争论则是关于《白夜》的开篇。这个开篇到底是失败的，还是独具特色的？众说纷纭。我们来看看陀思妥耶夫斯基是怎么写的。

> 那是美妙的一夜。那样的夜晚，亲爱的读者，大概只有在我们年轻幼稚的时候，才会出现。那时天空繁星闪耀，清新透明。举目一望，你会情不自禁地反问自己：在这样的天空底下，难道还会有人怒气冲冲、喜怒无常吗？这也是一个幼稚的问题，亲爱的读者，非常幼稚，但愿上帝经常用它去触动您的灵魂！
>
> 既然上面提到怒气冲冲、喜怒无常的先生们，那么，我就不能不回想起我在这一整天里的高尚行为。
>
> 打从大清早起，我就受到一种莫名其妙的苦恼的折磨。我忽然觉得：我孤零零的，正在受到所有的人

的抛弃，所有的人都在离开我。当然，任何人都有权发问：这所有的人究竟是些什么人呢？因为我住在彼得堡已经八年，并没有结识过任何人。不过，话得说回来，我要结识人干什么呢？不结识我也熟悉彼得堡呀。所以，一旦所有的彼得堡人收拾行装，突然乘车外出避暑，我就觉得所有的人要抛弃我了。

以色列作家阿摩司·奥兹是陀思妥耶夫斯基的书迷，他写过一本书，专门讨论小说的开篇，在这本《故事开始了》的书中，奥斯对《白夜》的开头做出如下评价：嗐，挺令人尴尬。那段“亲爱的读者”的献媚之词也无法弥补那多愁善感的陈词滥调带来的尴尬。而这不是旁人，毕竟是陀思妥耶夫斯基呀。天知道他写了一稿又一稿，究竟写了多少稿，重写，毁掉，咒骂，乱画，揉成团，扔进火里，扔抽水马桶里冲走，最后定下来这种“就这样了”。

我在课堂上问过很多同学，他们对这个开头的看法，有着截然两分的态度。支持者认为这个开头高度有效，毕竟这篇小说的副标题就是“摘自一位幻想家的回忆录”，我们从主人公的唠唠叨叨中，第一时间就感觉到了这个人的个性气质——或者干脆就说是神经质吧。反对者则认为，小说并不是原原本本记录主人公的思绪，而是有所裁剪和选择，一定可以找到更凝练、精致的方式，来呈现主人公的多愁善感。

我个人觉得，小说完全可以从第三段开始写起，把头两段删掉，不会有什么影响。“打从大清早起，我就受到一种莫名其妙的苦恼的折磨。”这个句子用作开篇，比起那段空洞而毫无特色的抒情，要来得更有效一些。

但这也只是我个人的看法。

从宏观的角度来看，我承认我终究只是一个普通的当代读者。当代读者的一个特点，就是越来越不习惯冗长、散漫的叙事方式。20 世纪下半叶以来的小说写作的一个总体倾向，就是将简洁、富有戏剧性的个性化要求，演化成了小说开篇的重要原则。

我们仿佛回到了童话时代。童话的开篇方式都是高度简洁，而且极富戏剧性的。

> 有一个富人，他的妻子病了；她觉得自己活不久，就叫她的独养女儿到床前来说："好孩子，如果你永远忠实、善良，亲爱的上帝就会时常帮助你，我也会从天上看着你，照顾你。"她说完就闭上眼睛，死去了。女孩每天到她母亲坟上去哭。她始终是忠实、善良。冬天来了，雪像一块白毯子似的盖在坟上。当春天来了，太阳把白毯子扯下去的时候，富人另娶了一个妻子。
>
> 那女人带了自己的两个女儿一同到男人家里来。那两个女儿面貌漂亮，但心肠很坏，很恶毒。从此，那可怜的晚女就受苦了。

这样的开头，我们看到了人物的处境，不需要问太多问题，不需要太多的细节。这样讲故事的方式，已经沿用了数千年，似乎还将一直延续下去。纳博科夫写了一部长篇小说《黑暗中的笑声》，就用这种方式开篇：

> 从前，在德国柏林，有一个名叫欧比纳斯的男子，他阔绰，受人尊敬，过得挺幸福，有一天，他抛弃自己的妻子，找了一个年轻的情妇，他爱那女郎，女郎却不爱他，于是，他的一生就这样给毁掉了。

这短短的一段话，已经将整本小说的故事内容全盘托出了。从这个意义上说，这个开篇是对童话的戏仿和反讽。因为童话的开头，意在引导我们关注事件的下一步进展。而纳博科夫则用类似的开头，消解了童话式的悬念，代之以成人的好奇心。这好奇心来自我们都想知道，欧比纳斯为什么要这样毁掉自己的人生呢？他到底是一个什么样的人呢？这样的问题，才是文学真正重要的问题。

1

一旦你开始写作，你首先要考虑的问题就是如何开篇：用什么腔调？从哪里开始讲述？开篇给整个作品定调，激励作者，引导读者。开篇是作者和读者之间的一个契约。找到一个好的开头，小说就很难夭折了。

据说，大部分编辑通过阅读开头就可以淘汰百分之九十以上的来稿。

一旦确定了开篇，就等于确定了很多事。

首先，你确定了文体。整篇小说该用长句还是短句？节奏偏向舒缓还是紧凑？然后，你也确定了整篇作品的腔调和氛围：是忧伤的，还是冷静客观的？是讥讽的，还是搞笑的？

当然也确定了小说的视角，也就是以谁的眼光和口吻来讲述这个故事。视角确定下来了，叙事的时间线和时间点也就都确定了。

甚至也确定了小说的目标读者，虽然不一定是有意识的，但一旦你写下了开篇，就等于确定了要满足哪类读者的期望。毕竟，作为一个成熟的写作者，不会想着讨好所有人。

开篇的确定，意味着写作者找到了一种最自然的表达方式，这是最重要的，它决定了小说是否能够最终完成。

我们最常听到的告诫是，尽快进入故事。对短篇小说来说，这个告诫可以说是至理名言。但对那些厚重、深沉的长篇小说，在开头进行缓慢铺陈的时候，我们很可能会选择谅解。契诃夫对此做出过示范，他说："先把故事写下来，然后掐头去尾，把高潮部分放到最前面。那就是最好的开篇。"他还说过："故事应该以这样的句子开篇：沙莫夫看上去很烦。"

很显然，契诃夫的这些告诫并不适用于那些诗化小说、散文体小说或者笔记小说之类的文体。因为在这些类型的小说里，故事并不是重点，重要的是氛围和情绪。所以，所谓尽快进入故事，在这一类小说中就是尽快进入某种氛围。

很多故事在一开始必须交代一些必要的背景知识，解释一些相关信息。绝大多数时候，这些介绍和解释本身并无诗意，也不包含必要的氛围和情绪，纯粹只是为故事做铺垫。这样的文字其实是很危险的，因为它很可能游离于故事之外，形成一种累赘。这一部分的内容应该越少越好，尽量让这些信息在故事展开的同时自动呈现出来，越是不着痕迹，就越是技艺高超。舞台剧基本没有画外音独白，但这并不妨碍读者理解人物关系和时代背景。曹禺的《雷雨》将两代人的恩怨情仇集中到周府的一个雷雨之夜来表现，人物之间复杂的纠葛，全都是通过彼此之间的戏剧性冲突和矛盾自动呈现出来的，并不需要一个报幕员站出来给我们解释鲁大海的工作性质，也不需要硬生生地提前交代周朴园的家庭状况。小说也是一样，过多的解释，过于聒噪的作者的声音，会毁掉小说所需要的那种氛围。

尽快进入故事，意味着在你确定了主人公生活中高潮事件的日期之后，应该尽量贴近这个时间开始讲述，压缩故事所述的时空，使之集中、清晰。

这就是为什么《雷雨》的故事看似跨越几代人，实则只集中发生在一天的时间之内。莫迪亚诺《暗店街》的故事跨度数十年，关于身份的找寻，关于战时的记忆爱情，错综复杂，但作者不是从遥远的过去开始讲述，而是从事务所关门那天讲起。托尔斯泰的《复活》并不从聂赫留朵夫引诱马斯洛娃开始写，而是从审判那天开篇。川端康成《伊豆的舞女》没有从“我”和舞女的初次相见开始写，而是从追上舞女的那一刻写起。福克纳《给艾米丽的玫瑰》有着极其复杂的时间线，一开篇，艾米丽小姐就已经去世了。

> 艾米丽·格里尔小姐过世了，全镇的人都去送丧：男人们是出于爱慕之情，因为一个纪念碑倒下了。妇女们呢，则大多数出于好奇心，想看看她屋子

> 的内部。除了一个花匠兼厨师的老仆人之外，至少已有十年光景谁也没进去看看这幢房子了。

如果从艾米丽小姐的爱情故事开始讲起，这个故事可以说是非常“狗血”的。但福克纳却能够用他对时间的掌控、对叙事视角的天才运用，使这个故事成为永恒的艺术品。

2

如果我们暂且抛开那些抒情小说先不谈（也没法谈，因为它们是高度个性化的），那么，在一般小说中，所谓尽快进入故事、尽量压缩叙事时间，往往意味着小说中的人物要尽快脱离生活常规，使读者不得不以新奇的眼光打量人物和他们的生活。我随手举几个例子吧。

陈忠实《白鹿原》的开篇：

> 白嘉轩后来引以为豪的是一生娶过七房女人。

奥兹《我的米海尔》的开篇：

> 我之所以写下这些，是因为我爱的人已经死了。

卡夫卡《变形记》的开篇：

> 一天早晨，格里高尔·萨姆沙从不安的睡梦中醒来，发现自己躺在床上变成了一只巨大的甲虫。

那么，到底有哪些方式可以帮助我们尽快进入故事呢？

很常见的一种方式是以一个困局开头，来引发阅读和讲述的欲望，因为它制造了一个最基本的悬念。但这个悬念不可过于生硬，要很自然，而且必须能够符合整个小说的情绪和节奏。

什么叫生硬的悬念？已故的人民文学出版社编辑王笠耘写过一本《小说创作十戒》，列举过不少例子，大家可以去感受一下。

比如一部写大兴安岭火灾的小说，开篇是这样的：

> 火！火!! 火!!!

再比如一部侦探小说，开篇是这样的：

> 深夜。阴森森、黑越越的下水道。手电一照，一具绿色的女尸，赤条条地躺在那里，乳房上插着一把钢刀。

看了这样的开头，如果你还有兴致读下去，那谁也救不了你的品位了。

什么叫自然的困局和悬念？我们看看海明威在《老人与海》的开头是怎么做的：

> 他是个独自在湾流中一条小船上钓鱼的老人，至今已过去了 84 天，一条鱼也没逮住。

就这么一句话，我们已经对这个尚未出场的、孤独苍凉的老人产生了好奇心，想知道他为什么会这么倒霉，他是怎么面对这种霉运的？他最终会走出这个可怕的低谷吗？海明威描述的这个困局，就是自然的，也是高度有效的。

要看作者是否在以最快的速度进入故事，最重要的评判标准就是有没有省略一些不必要的信息。也就是说，问题的关键不在于作者说了什么，而是省略了什么。

美国华裔作家哈金曾经在创意写作班学习多年，他对于写作的技巧掌握得相当娴熟。让他获得美国国家图书奖的小说《等待》，为我们提供了一个教科书式的开篇。

> 每年夏天，孔林都回到鹅庄同妻子淑玉离婚。他们一起跑了好多趟吴家镇的法院，但是当法官问淑玉是否愿意离婚时，她总是在最后关头改了主意。年复一年，他们到吴家镇去离婚，每次都拿着同一张结婚证回来。那是二十年前县结婚登记处发给的结婚证。
>
> 孔林在木基市的一所部队医院当医生。今年夏天，医院领导又给他新开了一封建议离婚的介绍信。孔林拿着这封信回乡探亲，打算再一次领妻子到法院，结束他们的婚姻。探亲前，孔林对在医院的女朋友吴曼娜保证，这次他一定要让淑玉在同意离婚后不再反悔。

这也是一个困局，主人公想离婚，但无法实现。作者没有交代为什么淑玉一直不同意离婚，甚至连孔林生活在哪个时代都没有提及（那是一个相当特殊的年代）。但是，这个开篇用最节约文字的方式，将人物关系、人物困境都交代清楚了，接下来，我们知道，主人公将踏上他的旅程，尝试解决他的困境。

一般来说，真正的困局往往是很严峻的，甚至事关生死。《老人与海》的困局，不是能不能捕到鱼，而是能不能坦然面对某种命定的无奈，是一种事关生命尊严的姿态问题。在海明威其他的小说中，他也常用这种生死攸关的困局来开篇。比如《乞力马扎罗的雪》：

> "奇怪的是它一点也不痛，"他说。"你知道，开始的时候它就是这样。"
>
> "真是这样吗？"
>
> "千真万确。可我感到非常抱歉，这股气味准叫你受不了啦。"
>
> "别这么说！请你别这么说。"
>
> "你瞧那些鸟儿，"他说。"到底是这儿的风景，还是我这股气味吸引了它们？"

很多鹦鹉学舌的写作者意识不到问题所在，模仿海明威的极简风格，却忽视了主题的严肃性。科马克·麦卡锡说，无关生死的文学都是儿戏。我发现自己越来越赞同这个说法。好的故事，都是关于命运和生存，关于死亡和抗争的。

保罗·奥斯特《布鲁克林的荒唐事》的开篇算得上一个极佳的范本。

> 我在寻找一个清静的地方去死。有人建议布鲁克林。第二天上午我便从维斯切斯特动身去那边看看。五十六年来我一直没回去过，所以什么也不记得了。

第一句话就是生死攸关。第二句话，主人公的困境得到了一个选择项。第三句话，他就踏上了旅程。第四句话就已经打开了时间的阀门。这种叙事速度是迅猛的，将人一脚踹进了故事的时空之中，来不及反应。

这个开篇很漂亮，漂亮到你会觉得整本书的力量有点配不上它。

从故事层面讲，最好的困局是一种两难的困局。它涉及选择和权衡，会最大程度地调动读者的参与感和积极性。

比如卡夫卡《乡村医生》的开篇：

> 我陷于极大的窘境：我必须立刻启程到十里之外的一个村子看望一位重病人，但狂风大雪阻塞了我与他之间的茫茫原野。我有一辆马车，轻便，大轮子，很适合在我们乡间道路上行驶。我穿上皮大衣，提上出诊包，站在院子里准备启程，但是，没有马，马没有啦，我自己的马在昨天严寒的冬夜里劳累过度而死了。

当这位医生绝望之时，从自己家的马圈里钻出一个车夫和一匹马，车夫愿意把马借给医生，但是他本人要留在医生家里，跟女仆待在一起。也就是说，医生必须做一个选择，是去救将死的病人，还是留下来保护自己的女仆。不论如何选择，都是痛苦的。

这种纠结的困局，是很有感染力的。鲁迅在他的小说《铸剑》开篇时，也用到了这个方式。《铸剑》的故事，基本上都来自《搜神记》中的《三王墓》，鲁迅对它的改动很少。唯有这个开篇，是鲁迅完全自主的创造。

> 眉间尺刚和他的母亲睡下，老鼠便出来咬锅盖，使他听得发烦。他轻轻地叱了几声，最初还有些效验，后来是简直不理他了，格支格支地径自咬。他又不敢大声赶，怕惊醒了白天做得劳乏，晚上一躺就睡着了的母亲。
>
> 许多时光之后，平静了；他也想睡去。忽然，扑通一声，惊得他又睁开眼。同时听到沙沙地响，是爪子抓着瓦器的声音。
>
> “好！该死！”他想着，心里非常高兴，一面就轻轻地坐起来。
>
> 他跨下床，借着月光走向门背后，摸到钻火家伙，点上松明，向水瓮里一照。果然，一匹很大的老鼠落在那里面了；但是，存水已经不多，爬不出来，只沿着水瓮内壁，抓着，团团地转圈子。

这个场景的节奏并不快，接下来，眉间尺就陷入纠结之中，他不知道该拿这只老鼠怎么办。淹死它，觉得它可怜。放过它，又觉得它可恶且恶心。这种纠结能够获得我们所有人的共情，也极为有力地刻画了眉间尺的形象，包括预言了他复仇的犹疑和失败，是一种命运的写照，也是一种预言。它意味着，我们大部分与眉间尺发生共情的人，是无法完成那种复仇的，我们只能将自己交给黑色人。鲁迅的这个开头，真正意义上升华了整个故事，使之具备了某种情感上的典型性和普遍性。

3

除了以困局开篇，还有一种最常见的开篇方式，就是主人公进入一个未知领域。从小说的第一个字开始，日常生活就结束了，作者带读者进入一个全新的世界，一段奇妙的旅程就此开启。当然，从严格意义上说，这种面对新世界的处境，其实也是一种困局。

比如卡夫卡《城堡》的开篇：

> K到达村子的时候，已经是后半夜了。村子深深地陷在雪地里。城堡所在的那个山冈笼罩在雾霭和夜色里看不见了，连一星儿显示有一座城堡在那儿的亮光也看不见。K站在一座从大路通向村子的木桥上，对着他头上那片空洞虚无的幻景，凝视了好一会儿。

我们一方面会对K将要面临的新环境感到好奇，一方面也会为他的孤立无援感到担忧。故事就这样自然而然地展开了。

当然，这类开篇方式中，最具代表性的，还是川端康成的《雪国》：

> 穿过县界长长的隧道，便是雪国。夜空下一片白茫茫。火车在信号所前停了下来。

跟这个开头比起来，你几乎找不到更快进入故事的例子了。

上面提到的几个例子，新世界的开启，都多多少少涉及环境的描写。但这并不是问题的关键。因为新世界的根本，还是新的人与人之间的关系，环境只是一种氛围而已。所以，契诃夫就不太常用环境描写来开篇，在他经典的短篇小说《带小狗的女人》中，他是这样开篇的：

> 据说在堤岸上出现了一个新人：一个带小狗的女人。德米特利·德米特利奇·古罗夫已经在雅尔塔生活了两个星期，对这个地方已经熟悉，也开始对新人发生兴趣了。他坐在韦尔奈的售货亭里，看见堤岸上有一个年轻的金发女人在走动，她身材不高，戴一顶圆形软帽；有一条白毛的狮子狗跟在她后面跑。

跟前面那些故事不同，古罗夫进入一个新世界，不是从他踏入雅尔塔的那天开始的，而是从他遇见这个带小狗的女人开始的。所以，契诃夫第一句话就是带出这个新面孔，而不是写任何别的东西。

当然，尽快进入故事，并非不可打破的原则。它只是一个最省力的办法而已。有时候，在真正的开篇之前，也就是叙事还没有真正发生之前，来上一段跟故事本身关系不大、抒情意味浓厚的格言警句，反而会更加深入地赢得读者的欢心，因为它预示着叙事者会有一个迷人的声音。

比如狄更斯《双城记》那举世闻名的开场白：

> 那是最美好的时代，那是最糟糕的时代；那是智慧的年头，那是愚昧的年头；那是信仰的时期，那是怀疑的时期；那是光明的季节，那是黑暗的季节；那是希望的春天，那是失望的冬天；我们全都在直奔天堂，我们全都在直奔相反的方向——简而言之，那时

跟现在非常相像，某些最喧嚣的权威坚持要用形容词的最高级来形容它。说它好，是最高级的；说它不好，也是最高级的。

还有托尔斯泰的《复活》：

尽管好几十万人聚居在一小块地方，竭力把土地糟蹋得面目全非，尽管他们肆意把石头砸进地里，不让花草树木生长，尽管他们锄尽刚出土的小草，把煤炭和石油烧得烟雾腾腾，尽管他们滥伐树木，驱逐鸟兽，在城市里，春天毕竟还是春天。

但是，这样的开篇可遇而不可求。如果过分刻意，也就是说，不是出于写作者对这个故事自然发出的某种慨叹，而是出于语不惊人死不休的企图，这样的开篇反而会弄巧成拙，使读者胃口尽失。

我发现，这类格言式开篇最常用的口吻，是历尽沧桑的老人。老人的声音里，有一种独有的宁静和说服力，使我们对叙事者产生信任。比如玛格丽特·杜拉斯的《情人》：

我已经老了，有一天，在一处公共场所的大厅里，有一个男人向我走来。他主动介绍自己，他对我说："我认识你，永远记得你。那时候，你还很年轻，人人都说你美，现在，我是特为来告诉你，对我来说，我觉得现在你比年轻的时候更美，那时你是年轻女人，与你那时的面貌相比，我更爱你现在备受摧残的面容。"

这个开篇是如此具有魅力，以至于模仿者层出不穷。中国当代作家迟子建的《额尔古纳河右岸》，就用了一个类似的开篇。

> 我是雨和雪的老熟人了，我有九十岁了。雨雪看老了我，我也把它们看老了。如今夏季的雨越来越稀疏，冬季的雪也逐年稀薄了。它们就像我身下的已被磨得脱了毛的狍皮褥子，那些浓密的绒毛都随风而逝了，留下的是岁月的累累瘢痕。坐在这样的褥子上，我就像守着一片碱场的猎手，可我等来的不是那些竖着美丽犄角的鹿，而是裹挟着沙尘的狂风。

在很多以第一人称“我”为主要人物的小说中，开篇的一个重要任务，就是将叙事者“我”的个性凸显出来。比如加缪的《局外人》：

> 今天，妈妈死了。也许是昨天，我不知道。我收到养老院的一封电报，说：“母死。明日葬。专此通知。”这说明不了什么。可能是昨天死的。

这几句话透露出来的“我”，是惊世骇俗的，不可能不引起读者强烈的好奇。

此外，如纳博科夫的《洛丽塔》：

> 洛丽塔，我的生命之光，我的欲望之火，我的罪恶，我的灵魂。洛——丽——塔；舌尖向上，分三步，最后轻轻贴在牙齿上：洛——丽——塔。
>
> 早晨，她是洛，平凡的洛，穿着一只短袜，挺直

了四英尺十英寸长的身体。她是穿着宽松裤子的洛拉。在学校里，她是多莉。正式签名时，她是多洛蕾丝。可是在我的怀里，她永远是洛丽塔。

看到这样华丽、优美的抒情文字，我们在一瞬间就会相信，这个叙事者讲述的一切都值得我们聆听。事实也正是如此，如果不是用纳博科夫的方式来呈现，这个故事本身几乎是令人厌恶的。这个例子再次证明，艺术拯救一切。

4

寻找好的开篇，从来都不是一件容易的事。大作家也在开篇这件事情上栽过跟头。开篇没有定法、没有公式，不同的故事、不同的主题、不同的风格，都要求有不同形式的开篇。此外，长篇小说和短篇小说对开篇的要求也不尽相同。一般来说，长篇小说因其体量庞大，有藏拙的余地，进入故事的速度也可以相应放缓一点。而短篇小说则丝毫毕现，难以掩饰瑕疵。

马尔克斯说："最难写的就是第一段。第一段我通常要写几个月，一旦写好它，其他的就容易多了。第一段解决了一本书的很多问题。它定义了小说主题、作品风格和基调。至少，在我看来，第一段是整本书其他部分可以参考的模板。"

菲利普·罗斯说："我用打字机打出的故事开头都很糟糕，大都像是以前作品的无意识翻版，我原本是要摆脱它们的影响的。我需要某种力量直抵小说中心，它能像磁铁一样把所有相关的内容都吸附在周围。我通常要写一百页甚至更多，才能写出一段有活力的内容。然后我就跟自己说，好吧，这个可以作为故事的开头，就从这里开始写。”

由此可见，寻找合适的开篇，不可谓不艰难。

当然，如果你时时留心，观察生活，如科尔姆·托宾所说，你坐个公共汽车，都有可能在脑海闪现一段有活力的文字，可以用作一篇小说的开篇。灵感总是光顾那些全身心投入创作的人。

托尔斯泰在写《安娜·卡列尼娜》时，一直没有确定好开篇。有一天，他家里来了很多客人，朋友相聚，欢声笑语。托尔斯泰瞥见桌子上有一本普希金的诗集，打开的那一页上，开头第一句是“客人来到了乡居”。他顿时激动起来，对当时在场的人们说，这几个字把人物投入了事件的中心，是小说开头的一个好典范。随后，他将正在构思的《安娜·卡列尼娜》起了头，“奥布朗斯基家里一切都乱了套”。至于放在最开始的那句“幸福的家庭是相似的，不幸的家庭却各有各的不幸”，则是他笔记里很早就有的一句话。

灵感的基础，来自思考和阅读。实际上，所有的写作，都是对已有写作的继承。

科马克·麦卡锡说：“任何一本书，都是从已有的书籍中诞生的；所有的小说的生命，都建立在已有小说的基础之上。”

卡尔维诺也说过类似的话：“每种生活经验，一旦需要得到适当诠释，就必然会依赖你的阅读经验，然后再融入其中。任何书本都是从其他书本中衍生出来的。”

下笔之前，你最好要找到你的导师、你想对话和超越的那个对象。或者你在写作前已经有大量的阅读积累，形成自己的文学思维。

所以，写《霍乱时期的爱情》之前，尽管故事和结构已经大致成型，但在动笔之前，马尔克斯还是精读了五十多本经典爱情小说，从 17 世纪的古典作品到当代作品，都有涉猎。然后，等这一段阅读沉淀过后，才开始动笔写作。

帕慕克回忆自己的写作之路时说：“从托马斯·曼那里，我知道历史小说的快感主要来自糅合各种细节的秘密。卡尔维诺教会我独创性与历史本身同等重要。我从艾柯那里学会温文尔雅地运用谋杀形式。不过，我从尤瑟纳尔的身上获益最多，她写过一篇评论，讲述历史小说的语调和语言的，非常精彩。”

哈金介绍自己的写作经验时则说：“我总是在动笔写一部作品前，找到一两本伟大的经典的作品，希望自己的作品能够与其对话。我写的《等待》是爱情小说，虽然发生在 20 世纪的中国，但情调上是欧洲的，主要受俄国文学和法国文学的影响，比如福楼拜的《包法利夫人》对我影响比较大。”

可以看得出，他们都对自己的师承有清晰的认知。如果没有渴望学习和超越的对象，没有几部烂熟于心的作家作品，作为写作者，你不太可能写出好小说；作为普通读者，你也无法体会到小说的美妙之处。

5

这里也说说初学者最常见的那些开篇问题吧。最常见的写法，是静态描写，是碎片式特写，或者是一大段游离于故事之外的介绍和解释，这些都在阻止读者进入故事。王笠耘在他的《小说创作十戒》中描述了发病率最高的四种病症，我在写作教学中也都遇到了：

1. 没完没了地介绍环境。

2. 不厌其烦地介绍人物。

3. 连篇累牍地大谈时代背景。

4. 唠唠叨叨地演示人物的慢动作。

有一篇学生习作，看得出是自传体，一上来就写自己家乡的景色，写完景色又开始交代风土人情，如何如何纯朴，如何如何不同于城市……

有一些成名作家写短篇，喜欢在开头写上一大段缺少特色和真实情感的抒情长句。

不少学生的写作水平受到网络小说的影响，文字功底堪忧、语言累赘、节奏失衡。

我在网上随机找到一部颇受欢迎的网络小说《余罪》，看了开篇，我就明白为什么同学们会出现那些问题了。

> 嘹亮的《警察之歌》回荡在空旷的操场上，沐浴在明媚的阳光下，只瞧见一队队精神的警校学员，正排着整齐的队列，迈着标准的步伐，伴着歌声齐刷刷走过。在歌声中，在阳光下，一张张朝气蓬勃的面孔，显得那么可爱。

真是集陈词滥调之大成。恕我直言，这种文字，放到小学作文里，也不会得高分的。这种小说广为风行，在我看来实在令人费解。

不光时下的网络小说在观念上、语言上对文化缺少贡献，就是最有名的严肃文学期刊，只要你还有耐心去翻阅一下那些小说的开篇，也同样能感觉到“世风日下”的味道。举几个例子吧，以下是我在同一时间的文学期刊上随手翻到的几个开篇：

> 一开始，王福顺确实不知道赵德安偷了他老婆。
>
> 一开始，薇薇面对那小子的攻势十分不以为然。
>
> 一开始，傻子老二并不傻。

有人会问，这难道不是以最快的方式进入故事？《圣经》不也是这样开篇的吗？一开始，上帝创造了天地。

没有错，这些开篇确实在进入故事。但看了这样的开篇，我实在没有胃口再读下去，一行都不行。艺术可以拯救一切。没有错。艺术也可以拯救赵德安偷王福顺的老婆，但不会以这种低劣模仿的方式。赵德安偷了王福顺的老婆，跟上帝创造天地实在差得太远了一些。小说要尽快进入故事，意思是进入故事的内核。但如果一个故事的内核在某些写作者那里就是鸡毛蒜皮，那他们写出来的文字必定是来自现实、低于现实。这样的文字，我们还是扔到一边，好好去过自己的日子吧。

前面提到，我越来越相信科马克·麦卡锡说的那句“无关生死的文学都是儿戏”，就因为看过太多不痛不痒的文字，深感厌烦。实际上我很清楚，在生活中，任何事情都可以关系到生死。对有的孩子而言，一次搬家，一次转学，都是痛入骨髓的。几句无关大局的话，对有的心灵而言，却有可能致命。

一切的关键，都在于写作者的洞察力和感受力。

第八日

小说的细节

0

乔治·奥威尔在《一九八四》中做出过预言，他设想中的未来，穷人读的书大概是由机器所写的，有钱人和精神贵族才读得起真正的诗人写的作品。我觉得奥威尔太看得起有钱人了。经验告诉我，机器写的书，往往更符合有钱人的需求。因为他们大多讲求效率，要以最快的速度掌握知识，跟随大数据的走势，精心算计资产的收益。今天的人工智能，不就是用来干这个的吗？如果有钱人打算读小说，大概率也会是这个思维，他们要尽快知道故事的全貌，掌握中心思想，尽快获得刺激和愉悦，然后读下一本。当然，穷人当中，喜欢这样读书的人也不在少数。因为他们忙于生存和工作，没有时间和精力进行深度阅读，只想用快消品一般的文字来填满生活中为数不多的缝隙。

这样的未来，今天已经到来了。

网上说，有一个人工智能团队，名字叫“我是作家”，专门用机器来写小说。怎么写呢？先由团队成员根据市场需求设定好故事类型、主要人物、内容大纲，然后人工智能软件根据这些基本设定自动生成小说。听说这个团队已经出版了好几部作品。还有一个团队，名叫“人狼智能”，也已经在图书市场有所斩获。团队成员和人工智能之间玩一种推理游戏，也就是所谓的“人狼游戏”，然后成员选出游戏过程中比较有意思的故事，再将其改编成小说，摆在书店显要位置，卖给那些无助而天真的读者。

其实，这样的小说，机器人写得并不会比人差。在我的学生时代，有一本叫《达芬奇密码》的畅销书，风行于校园，我当时就觉得，这很像是一本由机器写下的小说。

> 巴黎卢浮宫美术博物馆，夜10时46分。
>
> 卢浮宫拱形艺术大画廊内，德高望重的博物馆馆长雅克－索尼埃跌跌撞撞地扑向他所见到的离他最近的一幅画——一幅卡拉瓦乔的画作。
>
> 这位七十五岁的老人猛地抓住镀金的画框，用力把它拉向自己。画框终于从墙上扯了下来，索尼埃向后摔作一团，被盖在帆布油画的下面。
>
> 果然不出馆长所料，附近的一扇铁门轰然倒下，封住了通往画廊的入口。嵌木拼花地板震颤着。远处响起了报警声。
>
> 馆长在地上躺了片刻，喘着粗气，四下看了看。我还活着。他从画底下爬了出来，在这洞穴般幽暗的地方四处觑视着，想找个藏身的地方。

这种拥抱市场的故事设定、干巴巴的速写风格、毫无个性的信息排列、没有情感的言语方式，都与人类在真实世界中瞬息万变的内心体验几乎是背道而驰的，所以完全可以交给人工智能去编写。

网络小说也大多是这个写法。听说网络写手每天要写一两万字，远超人类精神劳作的极限。所幸他们掌握了技巧，将精神活动转换为纯粹机械重复的体力劳作，事情就好办多了。然而还是可惜，人工智能只需短短几秒钟就可以自动生成一部数百万字的小说，作为人类，我们何必为了这几秒钟而大费周章呢？显然还有更多值得去做的事情，哪怕仅仅为了糊口。

当然，网络小说中也许也有非常优秀的作品，正如所谓的严肃文学中也有很多机器写出的文字。

那么，什么样的小说只有人才能写得出来呢？我脑子里第一时间想到的例子，总会有《包法利夫人》。查理和爱玛在情窦初开的时期，福楼拜这样写他们告别的时刻：

> 她送他永远送到第一层台阶。马要是还没有牵来，她就待在这里。再会已经说过了，他们也就不再言语；风兜住她，吹乱后颈新生的短发；或者吹起臀上围裙的带子，仿佛小旗卷来卷去。有一次，时逢化冻，院里树木的皮在渗水，房顶的雪在融解。她站在门槛，找来她的阳伞，伞撑开了。阳伞是缎子做的，鸽子咽喉颜色，阳光穿过，闪闪烁烁，照亮脸上白净皮肤。天气不冷不热，她在伞底下微笑；他们听见水点，一滴又一滴，打着紧绷绷的伞缎。

为什么说它是人类写出来的文字？因为它的感受方式，它在细节上投注的情绪，它的节奏感，都是人类的，不是机器可以模拟的。如果有一天，机器能够模拟出这样的感觉，我们人类也没有什么遗憾了，可以将自己的位置让给它们，听凭它们处置。因为我们唯一比它们高贵的东西也不存在了。我们那时候就应该承认，机器人是比人类更可爱、更配得上这个世界的智慧形式。

是的，具体到技巧层面，细节的感受力是体现人类感知能力的一个重要指标。《安娜·卡列尼娜》中，列文的哥哥柯兹尼雪夫在树林里经过激烈的思想斗争，打算向华伦嘉求婚。华伦嘉猜到了科兹尼雪夫的意图，她感到兴奋，也感到紧张，为掩饰她的不知所措，她竟然鬼使神差地对柯兹尼雪夫谈起地上的蘑菇。那几只蘑菇，凭空出现，毫无来由，却将两个人的未来婚姻完全毁掉了。他们看着蘑菇，一个听，一个讲，心里都明白，此情此景之下，求婚的事情是不会再提了，不知道为什么，也永远不会再提了。

如果你告诉我，机器能够编出这样的情节，编出那几朵蘑菇，编出人类心灵世界那微妙而不可思议的善变和矛盾，我想说的是，人类的存在还有什么独特的意义呢？

我认为，起码短时间之内，我们还不需要有这个担忧。所以我们还可以在这里谈一谈小说对人的价值，谈谈小说中的细节如何体现质感。

库切认为，现代小说诞生的标志之一，是让细节说话，让细节去传达难以言表的意蕴。他还认为，给出细节，让意思自己浮现出来，是由丹尼尔·笛福开创的。在《鲁滨逊漂流记》之前的小说，细节是缺失的，写作者的重点只放在事实总体的呈现上。鲁滨逊被冲上海滩，四顾寻找同船的人，他谁也没找到。“我再也没见过他们的人，也再没见过他们留下的踪迹。只找到他们的三顶帽子，一只无檐帽，还有两只不成对的鞋子。”关于死亡，关于绝望，他没用一个大词，也没用一个陈述句。不过是帽子、无檐帽、不成对的鞋子。

我倒认为，这种让细节说话的写作方式，是古今中外所有优秀写作的特点，并非笛福的首创，也无须从他这里取经。比如我国古典小说《儒林外史》中有名的《范进中举》，写范进中举后一向视他为草包的岳父胡屠夫态度来了个一百八十度的转弯，吴敬梓就是用细节写出的，而非由作者道出。

> 众人都笑起来。看着范进洗了脸，郎中又拿茶来吃了，一同回家。范举人先走，屠户和邻居跟在后面。屠户见女婿衣裳后襟滚皱了许多，一路低着头替他扯了几十回。

不独在小说中，其他的叙事文字，想要获得形象生动的效果，也都离不开精彩的细节描写。缺少细节的语言，就像是机器的语言。

1

关于细节的重要性，当代资深文学编辑、作家赵瑜在

《切开：关于小说的札记》里有过很好的论述。他说："细节是小说的种子，是根部，是表情，是音乐，甚至是灵魂。有很多小说，一开始只是一个生活细节，一直养在内心里。我常常和写小说的朋友交流养细节的经验，甚至，还和朋友相互交换细节。每一个人观察生活的出发点不同，所看到的世界便被切片成为不同的细节。"

细节简直就是小说的资产。写作者要像养宠物一样养细节。他举了一个例子，小说家张浩文讲给他听的，说陕西风大，他们小时候上学，大人们不放心，怕大风将孩子给刮跑了，便在孩子的书包里装一块很沉的石头。于是，每天上课的时候，小学的操场上就摆满了一块一块的大石头，一个班级一个班级地排开，十分壮观。

> 张老师讲到这里的时候，我感动极了。这便是细节的力量，细节将我们瞬间带回到生活现场，我甚至穿过了时间的缝隙，到了那个旧年代的操场上，看到了那一排排摆放整齐的石头。

在之前讲小说的直觉和逻辑时，我们反复提到小说要营造在场感。而在场感的一个关键要素就是细节。细节并不在多，而在精。一个好的细节，胜过千言万语。

鲁迅的小说对细节就有着极高的要求，他写下的每一个细节，都值得我们认真品味。《故乡》中写到"我"回到即将永远告别的老家，他并没有事无巨细地描写景物和心情，只一句"瓦楞上许多枯草的断茎当风抖着"，就把什么都写清楚了。在给《呐喊》写自序时，鲁迅写金心异来看望他，看似随意实则用心良苦地写了一笔，金心异进屋后脱下长衫。这个细节多么意味深长。金心异（即使我们不知道他是钱玄同）是一位新文化的干将，是新青年的编辑，是反抗旧传统的战士，然而他穿的居然是传统旧文人习惯穿的长衫（请自觉联想孔乙己的长衫），一进屋就脱下，显然他自己对这件长衫也是有感觉的，虽然我们不能确知他的感觉，但新旧文化在人身上产生的纠结之感，以及那个年代特有的氛围，通过这件长衫，我们可以有所感触。

不懂细节之美，基本可以说是不懂文学之美了。我们之所以对有些小说爱不释手，很多时候是因为愿意仔细咀嚼其中的细节。细节给小说提供了嚼劲，也提供了回味的余地。不光严肃文学如此，通俗小说的阅读乐趣，很多时候也跟细节有关。比如刘慈欣的科幻小说《三体》，其中最具魅力的章节都来自那些奇幻的细节，而非粗线条的情节。比如小说中对宇宙闪烁倒计时的描写和解释，会让人感到惊奇。质子的低维展开则让我们大开眼界，如此微小的粒子，居然可以封锁整个地球的高端科技，而刘慈欣可以把它写得极具说服力。三体探测器“水滴”抵达太阳系时，刘慈欣对它表面的坚硬、光洁的描写，使读者睁大了眼睛，心里隐隐感到了巨大的恐惧，我们对它的好奇心几乎超越了书中任何的人物。

如果刘慈欣没有过硬的科学知识，没有长年累月的想象积累，是不可能写出这样的细节的。很多科幻作者以为类型文学只要讲一个构思巧妙的故事，不知道写作者之间的差距，往往体现在细节的描写能力上。

2

在小说的写作天分中，我认为细节的表现能力是一项重要的判断指标。比如我们常说张爱玲是罕见的小说天才，她的天才首先就体现在细节的表现上。

她的小说《红玫瑰与白玫瑰》中，佟振保第一次见到王娇蕊时，王娇蕊正在洗头，满头泡沫，但她一点也不以为意，大方握了佟振保的手。这时有一点肥皂泡沫溅到佟振保的手背上。张爱玲是这样写的：

> 他不肯擦掉它，由它自己干了，那一块皮肤上便有一种紧缩的感觉，像有张嘴轻轻吸着它似的。

之后佟振保心中开始不安了起来，他老觉得有张小嘴吮着他的手。读到这里，我自己的手上都差点起了鸡皮疙瘩。就这么一个小泡沫，表现力何其强大。

随后，佟振保洗手，王娇蕊身上穿的是一件没有系上带子的纹布浴衣，如果张爱玲直接写佟振保对身穿浴衣的王娇蕊产生欲望，那就太庸俗，也太没新意了。张爱玲的天才帮助她以惊人的细节来传递通感：

> 一件纹布浴衣，不曾系带，松松合在身上，从那淡墨条子上可以约略猜出身体的轮廓，一条一条，一寸一寸都是活的。世人只说宽袍大袖的古装不宜于曲线美，振保现在方才知道这话是然而不然。他开着自来水龙头，水不甚热，可是楼底下的锅炉一定在烧

> 着，微温的水里就像有一根熟的芯子。龙头里挂下一股水，一扭一扭流下来，一寸寸都是活的。

是的，她回避了描写王娇蕊的身体，代之以自来水！在佟振保的脑子里只有王娇蕊，所以温润的自来水让他产生了奇妙的联想。这种写法，真是写透了人物的欲望，又毫无低级庸俗之感。

张爱玲另一篇经典小说《倾城之恋》，写到范柳原帮白流苏租了一栋房子，买了几件家具，之后就回英国了，房子的后续问题全都留给白流苏自己解决。这种情形之下，白流苏心里是什么想法？一方面，她终于得偿所愿。另一方面，她依旧孤独而无助。张爱玲不直接写她纠结的心情，只写她漆房子时的一个细节：

> 客室里门窗上的绿漆还没干，她用食指摸着试了一试，然后把那黏黏的指尖贴在墙上，一贴一个绿迹子。为什么不这又不犯法！这是她的家！她笑了，索性在那蒲公英的粉墙上打了一个鲜明的绿手印。

那么复杂的、说不清楚的感觉，一个绿手印就全盘托出了。

小说的天才分很多种，这种对细节的敏感，肯定是其中之一。

3

好的细节总是追求以小博大。有的时候，我们要描写的对象太过庞杂，难以突出其氛围和意境，这时候，就需要强有力的细节来凸显整体。

契诃夫说："我认为对大自然的描写不仅应该非常简短，还要恰如其分。像'落日沉入渐暗的海浪里，散发出紫金色的余晖'等，以及'燕子掠过水面，欢快地叫着'这样的老生常谈，应该杜绝出现。描述大自然的时候，你必须要选择小细节，并且把它们归类组合，让人读了之后，能闭目勾勒出整个画面。比如，如果你这样写：'在河坝上，一块玻璃碎片闪耀出星星一样的光亮；一只狗或狼的黑色影子像球一样滚过。'那么你就能勾勒出一个月光照耀的夜晚。"

还有的细节，看似朴实无华，实则与小说的整体意图环环相扣，需要作者在下笔之初心中有数，也需要读者在阅读时用心品味。

托马斯·曼的《魔山》是一部坦克式的笨重小说，这类小说的写法，今天似乎已经不时兴了，但其中的细节描写，还是很见功力的。我们来看看它的开头：

> 一位纯朴的青年在盛夏时节从家乡汉堡出发，到格劳宾迪申的达沃斯高地旅行。他准备乘车做为期三周的访问。
>
> …………
>
> 汉斯·卡斯托尔普——这是这位青年的姓名——独个儿坐在灰色坐垫的小车厢里，身边放着一只鳄鱼皮手提包，这是他的舅舅和养父蒂恩纳佩尔参议（我们在这儿只匆匆介绍一下他的名字）送给他的礼物。他还带了一卷旅行毯和冬季大衣，大衣挂在车厢的一

> 个衣钩上。他坐在卸落的窗口边，由于下午的天气越来越凉，这位娇生惯养的青年就把那件时髦的、丝绸织成的夏季外衣的领子翻上来。在他旁边的座位上，放着一本《远洋客轮》的杂志。

一般的读者，估计不会去追问，为什么这个主人公的名字叫“汉斯”？而优秀的、训练有素的读者则肯定会问，托马斯·曼给这个简单无趣的年轻人取一个如此“不负责任”的名字——类似于中文中的“小强”，是否有什么深意？

而更为优秀的读者，会意识到这个平凡的名字代表着一种身份，这个似乎白板一块、天真无邪的青年人汉斯——这个德国小强，这个资产阶级的新一代，在达沃斯高地上，在一群来自多种西方文化的病友之中，始终是来自左的和右的各种思想和精神势力争夺的对象。汉斯越是平庸，越是没有个性，就越是一个没问题的问题青年，是越能彰显出各种思想派别的特征性病灶。

再细心一点，读者会发现汉斯的鳄鱼皮手袋，这是他的富二代身份的表征，表明了他娇生惯养的身世。另外，作者明确给出了他在旅途中看的杂志是《远洋客轮》，不是简简单单用“杂志”两个字打发掉，那就说明这个细节也是有用的。因为这个名字暗示的杂志风格，即使我们不知道内容，也能感觉到它一方面与汉斯的知识结构相吻合，另一方面又说明汉斯趣味和智力的品位。类似于我们在火车上看到有人看《知音》，有人看《国家地理》，有人看《故事会》，只要看到杂志的名字，我们一瞬间就会产生对这些人的一些基本印象。

卡夫卡《变形记》开头对格里高尔·萨姆沙房间的描写，也是如此讲究细节的。

> 他的房间，虽是嫌小了些，的确是普普通通人住的房间，仍然安静地躺在四堵熟悉的墙壁当中。在摊放着打开的衣料样品——萨姆沙是个旅行推销员——的桌子上面，还是挂着那幅画，这是他最近从一本画报上剪下来装在漂亮的金色镜框里的。画的是一位戴皮帽子围皮围巾的贵妇人，她挺直身子坐着，把一只套没了整个前臂的厚重的皮手筒递给看画的人。

每一个物件，每一个意象，都服务于人物的整体形象和小说的主题需要。

4

细节关系到小说的质感、在场感，也关系到说服力。没有可靠的细节，读者不会沉入你的叙事。所以，细节一方面需要我们精挑细选，一方面又要真实自然。

在《巴黎评论·作家访谈》里，马尔克斯说：“如果你说大象在天上飞，人们不会相信你。但是如果你说425头大象在天上飞，人们可能会相信你。如果它听上去像是精心写出来的，我会重写。”

福楼拜的小说《情感教育》，主人公弗雷德里克·莫罗在巴黎街头闲逛：

> 在冷清的咖啡馆后面，吧台后的女人在她们没碰

过的酒瓶之间打哈欠；报纸没有打开，躺在阅览室的桌子上；洗衣女工的作坊里衣物在暖风中抖动。他不时在书报摊驻足；一辆马车冲下街擦过人行道，令他回头一看；走到卢森堡后他沿路折返。

这样的细节是随机的吗？它到底制造了什么效果？

毫无疑问，细节是精挑细选的，上帝视角的广度，与第三人称局限视角的代入感融为了一体。惯常的细节和变化的细节混合，有些是转瞬即逝的，有些则是循环往复的。看上去像是在同步发生，时间凝固了。福楼拜反复试验，发现了通过细节描写来隐藏叙事者的办法。读者不再能分清是谁在观察，细节像生活本身一样扑面而来，自动聚集，使简洁的文字透着冰冷的客观和神秘的诗意。

从福楼拜开始，我们描写细节的方式比 19 世纪的现实主义白描，有了重要的进步。

有人可能会怀疑，这是你的过度解读吧？

确实，我们通过翻译作品来了解福楼拜的风格，已经隔了一层。但基本的阅读敏感还是可以识别出这段文字的精妙。至于福楼拜本人的想法，只会比我们想到的更多。你不太可能对福楼拜的语言和细节做过度解读。他说：即使在游泳的时候，我也不由自主地在斟酌着字句。有些句子在我脑中黏着，像乐曲萦绕，令人又痛又爱。

他还在书信中向人抱怨自己的写作强迫症：转折的地方只有八行，却费了我三天；已经快一个月了，我还在寻找那恰当的四五句话。

再看看一个精挑细选的细节例子，来自契诃夫《第六病室》的结尾，安德烈医生即将死去的时刻：

> 一群体态优雅的鹿，非常美丽，是他昨天在书里读到过的，如今从他身旁跑过去；然后一个农妇向他伸出手，手里拿着一封挂号信；米哈伊尔·阿韦良内奇说了句什么话。接着一切都消散了，安德烈·叶菲梅奇永远失去了知觉。

注意这惊人的细节。如此简洁，又如此富有诗意。好像什么都没说，又像是把一切都说了，省去了多少陈词滥调！最奇妙的是，契诃夫没有用第三人称惯常的写法，写“他仿佛看到一群鹿从他身旁跑过”，或者“他在微弱的意识中，看到了他曾经读到过的那种鹿向他走来”，而是去掉主语，直接让读者和死者一起看到那头鹿，“从他身旁跑过”。

如果我们对这样的细节无动于衷，那就太对不住这些大师们的才华了。

5

细节对叙事有多重要，在写作中找到合适细节的难度就有多大。所谓可靠的细节，很多时候都来自结结实实的经验，包括生活经验和知识经验。也就是说，尽量不要在细节上造假，不要糊弄了事。

对这一点，当代爱尔兰小说家科尔姆·托宾讲得最为透彻，他曾在采访中专门谈及对细节的体会，他将细节分为两种，一种是硬细节，你需要在其中提供关于故事、关于人物性格的种种信息；另一种是软细节，用来让读者感受到时光的流逝。

关于硬细节，他说：不要在场景和细节上编造，即使是一把椅子，也要写你记忆中的椅子，而不是凭空想象的一把椅子。写一个你记忆中的场所很重要，而且是你所独有的这样一份记忆，用它来建构你的故事。

关于软细节，他说：在写作中，你与读者分享的是一种情绪，你传递给读者的是你的细腻感受，让读者感同身受，这就是意义。对许多作家来说，声音、气味乃至色彩的细节是很重要的，那是一种你闭上眼睛就能回忆和感受到的细节，平时注意观察，写作时把它们拿出来。

海明威也说过，如果你的写作用到了现实原型，最好在细节方面都尊重事实。

帕慕克在写他的第七部长篇小说《雪》时，对小说的细节是如此较真，以至于他在前期准备阶段，一天到晚游荡在故事的发生地卡尔斯，大量阅读历史文献。他在《别样的色彩》里说：这是我的第七部小说，但我还是像个新手一样，做了大量毫无必要的笔记，为每一个细节烦恼，还总是问“八十年代有轨电车真的穿过这个角落吗?”等诸如此类的问题。

这是一个成熟作家的写作方式。《雪》是一部政治寓言小说，情节的虚构性迫使作者对细节提出更高的要求，来保证故事的说服力。帕慕克知道，他需要储备尽可能多的细节供自己挑选，越多越好。如果是刚刚够用，那就说明是不够用的。

这种情况在历史小说中也是一样的。中国当代作家姚雪垠写他的鸿篇巨制《李自成》，花了数十年的时间来搜集资料，小说写成之时，他本人已经成了国内首屈一指的明史专家，对那个时代的细节把握，估计无人能敌。他回忆自己的写作过程时，提到几个细节：最初我写李自成在南原大战前坐下来抽烟，后来删去了，因为烟叶在明朝末年才从吕宋传到中国。我也写他们煮红薯，一想，不对，红薯传到内地去也是后来的事。我在第二卷还写过北京的白塔，一查，顺治八年才修了白塔，当时并没有，必须删去。

这种写作的态度是感人的。尽管后面几卷受意识形态的影响有所局限，但姚雪垠的《李自成》仍不失为一部杰作，整体水准仍然是当代历史小说中的翘楚。

举了这么多正面例子，这里请容许我举一个反例吧。莫言在获得诺贝尔文学奖之后，也写起了历史题材的作品，在他的历史剧《霸王别姬》中，几乎每一句台词出口都要犯错误，跟姚雪垠的写作态度正好形成了鲜明对比。

比如吕雉对虞姬拍马屁说："我早就知道你是菩萨心肠，不会杀阶下之囚。"

项羽在拔剑自刎时激动地呼喊虞姬："虞，你慢些飞去，等着我。让我扔掉这臭皮囊，让我拉住你的裙裾——"

"菩萨心肠"和"臭皮囊"，都是佛教用语，而佛教是东汉才传入中国。"阶下囚"的说法，来自元末明初的《三国演义》。这些都可以在《辞源》上查到的。

项羽生气地对范增说：“天要下雨，娘要嫁人，要走就走，何必挽留?!”

田光转述太子对他说的话：“先生啊，燕秦两国，誓不两立。秦王亡我之心不死，三五年内，必将对我燕国发起进攻。”

“天要下雨，娘要嫁人”出自唐代典故。“亡我之心不死”，出自毛主席语录。

虞姬告诉吕雉：“鹿死谁手，还没定局。在这关键时刻，只要项王能得到一个贤内助，那刘邦之败就不容置疑。”

吕雉对项羽说：“我那可怜的妹妹，倾城倾国的美人，她……她已经自缢身亡……”

“鹿死谁手”，是三国典故。“倾国倾城”，出自东汉班固的《汉书》。

这些都谈不到语言的细节，而只是语言的常识。很有些善良的读者，对诺贝尔文学奖心怀敬意，认为莫言的许多低级错误，肯定是大师故意为之。我能理解，如果用这种风格写无厘头喜剧，我也会拍手称快，因为确实能写出漏洞百出的喜剧效果，满可以去给周星驰当编剧。可惜《霸王别姬》偏要端起来，掺杂了些不合时宜的伪崇高，严重缺少幽默感。

莫言曾说：“写作时我是个皇帝。”他还说过：“我很庆幸自己读书不多，因此保持了完整的想象力。”

我只能说，尽量多读书、细读书，多少还是有点用的。

第九日

小说的语言

0

我们以白话文作为书写语言，至今不过一百多年历史。也就是说，我们使用的是一种极为年轻的语言，它仍在幼年期，远未成熟。

读现代作家的小说，可以很明显地看到那种摸索的痕迹。像沈从文《长河》中这类句子，在当时就是很常见的。

> 惟一面是个人如此谨慎认真的来处理一个问题，所遇到的恰好也就是那么一种好象也十分谨慎认真的检审制度。另外在社会上又似乎只要作者不过于谨慎认真，只要在官场中善于周旋，便也可以随处随时得到种种不认真的便利。

我们今天读来，已经颇感吃力了。文白杂糅不是问题，问题是语言的节奏和语感。白话文是对口语的模仿，而这里所说的口语，是指北方语系，南方人初学现代白话文，在表达习惯上自然找不到一个可供参考的基调。

比如废名在《竹林的故事》中引用波持莱尔的句子：

> 一个人穿过开着的窗而看，决不如那对着闭着的窗的看出来的东西那么多。世间上更无物为深邃，为神秘，为丰富，为阴暗，为眩动，较之一枝烛光所照的窗了。我们在日光下所能见到的一切，永不及那窗玻璃后见到的有趣。

他的白话文里，杂糅了文言文的句式，还带着一点翻译腔。这是他们那一代作家在语言上开荒的印记，我们应该为他们做出的努力充满感激。

也有人认为鲁迅的文字不好懂，问题也是一样的。所幸鲁迅喜欢用短句，且幽默感实足，即使不习惯他那种风格，接受起来也还不太麻烦。对于我本人这类读者而言，因喜欢鲁迅，且习惯了他的风格，他的那种语言反而很有嚼劲，有种独特的声音，要是换成平白的大众普通话，恐怕我们会很失落。

不可否认，他的弟弟周作人在白话文的造诣上，是现代文学的第一人。周作人使得白话文的优美、通俗、简洁达到一个很高的层次。我甚至认为，他的文学地位完全是奠定在他的语言之上的。这当然也是一种偏见。因为我对他的写作题材和思想观念完全没有共鸣。

这一百多年来，有些作家对我们的文学语言产生了至关重要的影响，使得现代汉语的意味日渐丰厚，比如孙犁、老舍、汪曾祺、阿城、王小波等等。曾经风行一时的寻根文学，某种程度上，也是在寻找语言上的根脉，丰富我们的语言感受。这是正向的一面。也有反向的一面。总有一股力量，在不断将语言的表现力压平，或者说是玷污。机械的、口号式的、烂俗的文字排山倒海而来，毁坏了数不清的词语和句子，使我们对语言感到麻木、僵死。

有一次，我冷不丁瞥了一眼电视里的古装剧，好像是发生在明朝的故事，里面一个丫鬟模样的女子对另一个年长的女性说："我们一定要继续奋斗！"我吓了一跳，半天没有合拢下巴。

这不算太离谱的。我记得曾经在一部关于秦汉时期的电视剧里，看到士兵们在喊口号："我们誓死精忠报国！"

小说中也经常碰到这样"出其不意"的句子，让人瞬间出戏，再也无法进入。一部小说中，有位太行山区的老农叫道："党支书同志休克了！"

我还读到过一位湖南作家（来自我的老家附近）写的乡土小说，其中的人物开口说话是这样的口吻："这么多年没见面了，饱经风霜的你还是这么积极乐观。"

不光是小说中的人物开口说话会让人出戏，有时候写作者白描一下风景，我们的阅读兴致也会瞬间消失殆尽。比如这样的句子：路面并不平滑，路旁有座简易的山神庙，庙旁有棵独立的松树，树后有个突出物。简易的山神庙？独立的松树？突出物是什么？这样的文字，写了还不如不写。

有的学生习作，字里行间饱含着浓浓的自恋，这种现象也越来越普遍：今天又拒绝了两个男生，看着他们失落的背影，我只能默默地说声抱歉。自恋中有时候还会夹杂大量鸡汤文字：我始终相信释迦牟尼说的一句话，你所遇见的每一个人，都是你命中注定要遇见的，没有偶然，没有错误。一切都是缘分。

另一种常见的语言毛病，就是生涩的翻译腔：他踏着在他的脚底下的活动的石子摔了跤。疲倦达于顶点的他，心里很愁苦了，不很知道自己该做什么。人称代词前面的形容词，放到中文语境中，真是让人难以忍受。什么饱经风霜的你，疲倦达于顶点的他，或者默默伤神的我，谁见过这样说话的人呢？

还有这种句子：他对媚俗文化进行了不遗余力的批判。为什么不用“他不遗余力地批判了媚俗文化”呢？更好懂，也更简洁。所谓“进行了”，是一种官腔，一种讲话中常见的拖延时间的策略，如今，这些东西都肆无忌惮地进入了书面语言。

至于一些低级错误，也就是语法问题，在我教书的这些年里，也是越来越普遍。这里举几个最常见的例子。

很多人写：他并非是一个有独立见解的人。这就是个病句。并非，意思即并不是，后面那个“是”字讲不通。

还有人写：这件事涉及到很多方面。涉及的“及”字，就包含了到的意思。后面的“到”字，也是多余的。

类似的例子还有：成功即是目标。一切皆可诉诸于法律。

此外还有转折词的滥用，像“她不仅完成了自己那份工作，而且还帮助了别人”。这些表达方式，如顽疾一般久治不愈。

卡尔维诺曾在《未来千年文学备忘录》中说：

> 有时候我似乎觉得，一场瘟疫已传染了人类最特殊的天赋——对文字的使用。这是一场祸害语言的瘟疫，它体现于丧失认知能力和直接性；变成某种自动性，往往把一切的表达都简化为最通用、划一和抽象的陈套，把意义稀释，把表达力的棱角抹去，把文字与新环境碰撞所引发的火花熄掉。

卡尔维诺没有生活在今天，没有见识过 21 世纪的互联网，否则，他很可能会认为这场瘟疫已经无药可救。

曾经，我们的古人表达思念的愁苦，写下的句子是“浮云蔽白日，游子不顾返，思君令人老，岁月忽已晚”。而在网上，所有人只会说：“宝宝想你想得心里苦。”

曾经，我们表达豪迈之情的语言是那么壮美：仰天大笑出门去，我辈岂是蓬蒿人。而在网上的评论区，你只会看到这样的文字：厉害了 word 哥。

各式各样的流行语，一阵一阵如同传染病一样，毫无征兆地感染了所有人，而又在突然之间消失不见。十年前几乎每个年轻人都爱用的词，比如什么鸭梨、亮骚、闹太套之类，放到今天就已经显得费解或者老土了。那么多人，追求着流行词汇和表达方式，像追赶潮流一样，把语言当成了快消品。

当然，网络上也会有很多精妙的语言诞生，这些语言因其民间性而显得独具生命力。但这样的语言毕竟只是少数，很容易被淹没在信息的洪流中，没办法传播开来。

我们对语言的轻视，实际上是我们对个性的轻视。当语言的美感和个性化消失不见，也就是人性的危急时刻。因为没有人可以脱离语言而思考，你的语言很庸俗，就是你的人格很庸俗。维特根斯坦说，哲学问题就是语言问题。

卡尔维诺将希望寄托在文学身上："文学，也许只有文学，才能创造抗体，去抑制这场语言瘟疫。"

而我们年轻稚嫩的现代汉语，更需要写作者具备一种自觉的使命感，担负起守护语言和开拓语言的重任。

从哪里寻找语言资源，来对抗这场语言的瘟疫呢？

1

我们首先应该明白的一点，就是文学语言的特点究竟是什么。形式主义者曾经将语言的文学性定义为陌生化效果。这个说法不够全面，但可以用来帮助我们将问题简化。

什么是陌生化呢？亚里士多德说得好："给平常的事物赋予一种不平常的气氛，这是很好的；人们喜欢被不平常的东西所打动。在诗歌中，这种方式是常见的，并且也适宜于这种方式，因为诗歌当中的人物和事件，都和日常生活隔得较远。""使用奇字，风格显得高雅而不平凡；……它们因为和普通字有所不同而显得奇异，所以能使风格不致流于平凡。"

举例而言，我们知道，文学中常见的修辞手法是比喻，而比喻就是典型的陌生化手段。

雷蒙德·钱德勒有个比喻："对于我，失眠的夜晚和肥胖的邮差同样罕见。"他的意思很平常，如果他的表达也很平常："对于我，睡不着的夜晚是很少见的。"那么读者基本无动于衷，我们什么也感觉不到。但因为他用了一个有趣的比喻，我们能够愉快地接受他表达的意思。

钱钟书是一个精通比喻修辞的作家。他说："比喻是文学语言的擅长，一到哲学思辨里，就变为缺点——不谨严、不足依据的类比推理。"他是吃透了比喻的写作者。我们读他的小说《围城》，从比喻中获得的乐趣，有时候比情节本身还要大。看看这些精妙的比喻：

> 一张文凭，仿佛有亚当、夏娃下身那片树叶的功用，可以遮羞包丑；小小一方纸能把一个人的空疏、寡陋、愚笨都掩盖起来。
>
> 老头子恋爱听说就像老房子着火，烧起来没有救的。
>
> 年轻的时候，我们总是会将自己的创作冲动误解为创作才能。
>
> 恋爱跟火同样的贪滥，同样的会蔓延，同样的残忍，消灭了坚牢结实的原料，把灰烬去换光明和热烈。
>
> 偏见可以说是思想的放假。它是没有思想的人的家常日用，而是有思想的人的星期日娱乐。

这些比喻令人拍案叫绝，原因是它们给我们带来惊奇，产生一种意想不到的奇异效果，使人回味无穷。有人会以为，这种比喻的能力是一种纯粹的天赋，是一种无法捕捉的想象力的产物。其实不然，钱钟书之所以能够将比喻修辞拿捏到位，主要还是从理性思维的层面把握了比喻的原理，他说：比喻体现了相反相成的道理。所比的事物有相同之处，否则彼此无法合拢；它们又有不同之处，否则彼此无法分辨。两者全不合，不能相比；两者全不分，无须相比……不同处愈多愈大，则相同处愈有烘托；分得愈远，则合得愈出人意表，比喻就愈新颖。

在做练习的时候，可以尝试写下一个本体，然后想出几个跟本体风马牛不相及的喻体，再强行给它们制造某种关联，这就构成了比喻。

比如，你想一想，用一个比喻来形容吃饭。吃饭像什么？像吃水果？那就糟了，本体和喻体隔得太近，都是吃的东西，比了也白比。像结婚？有意思。可是，吃饭怎么会像结婚呢？再想一想。钱钟书就想出来了：

> 吃饭有时很像结婚，名义上最主要的东西，其实往往是附属品。吃讲究的饭事实上只是吃菜，正如讨阔佬的小姐，宗旨倒并不在女人。
>
> （《吃饭》）

再比如，我们要形容一栋房子结构混乱、模样寒碜，该怎么用比喻？刘恒是这样写的：

> 张大民家的房子结构啰嗦，像一个掉在地上的汉

堡包，捡起来还能吃，就是层次和内容有点儿乱了。

（《贫嘴张大民的幸福生活》）

多么生动，还很自然。通过比喻，我们对习以为常的那些形容词，以及那些生活中的日常现象，重新恢复了感觉，恢复了惊奇。这就是文学语言对生活的一种照耀。这是我们对文学语言的一种要求。

2

因小说的语言是多声部系统，不只有作者的语言，还有人物的语言。两种语言实现陌生化的手段是有区别的。上面提到的比喻修辞，只是陌生化的手段之一。还有很多方法可以达到同样的效果。

比如黄永玉在他的小说《无愁河的浪荡汉子·朱雀城》中写一个叫苏儒臣的染坊老板，想附庸风雅做文人，受到打击后想不开，他是这样写的：

> 苏大坨又添了个外号叫“苏蠢卵”。半个月苏大坨瘦了好几斤，路上遇到那些卵读书人，便铁青着脸，招呼都不打，也断了跟文人拉关系的念头，准备从政。其实，苏家染匠铺的布确实染得好，透蓝，匀称，犯不上去计较别的什么的。他想不开，就是想不开！

这样的语言是作者的语言，带有方言的节奏和句式，与我们看惯了的普通话有差异，而且整个口吻带有孩子气的味道，增添了语言的趣味性，读起来就有很强的陌生之感，是一种很高明的文学语言。

作者语言之外，小说中人物的语言也是要有陌生化效果的。最常用的方法，就是不要按常理出牌。

比如一个五大三粗的汉子闯红灯，被交警抓了，然后发现他没有驾照开了二十年车。当交警逮捕他时，他说：枪毙我好了。

这个人说话的方式高度个性化，因此让人吃惊。

有一个风趣的公务员，每天的工作就是看看报纸，倒倒茶水，他对此颇为不满，当别人问他的工作内容时，他回答说：就是从布谷鸟报时钟里清除鸟粪。

人物的语言打破了读者的期待，就形成了一种陌生化的效果。

我曾经在课上讲小说要讲究落差，要出人意料，也是这个意思。落差就是陌生化。当代小说家刘震云经常写到一段杀猪匠和牧师的对话，在《俺村、中国和欧洲》及《一句顶一万句》中都用过，大概就是觉得这段对话充满落差，每一个回合都在情理之中，却又出人意表。

> 杀猪匠问道：信主有啥好处呢？
>
> 牧师答，信了主，你就知道你是谁，你从哪里来，要到哪里去。
>
> 杀猪匠说，我现在就知道呀，我是个杀猪的，我从曾家庄来，到各村杀猪去。
>
> 牧师一时语塞，随即换了个角度，说：你总不能说，你心里没有忧愁。
>
> 杀猪匠点头道：那倒是，任何人都有难处。

牧师说，有忧愁不找主，你找谁呢？

杀猪匠问，主能帮我做什么呢？

牧师说，主马上让你知道，你是个罪人，要忏悔。

杀猪匠急了，说，我跟他面都没见过，咋就认定错在我呢？

如果人物之间的对话，或者人物个人的语言毫无个性，没有惊奇，那就没有写下来的必要了。

在有的小说中，是没有作者的语言的，只有人物的语言。比如陀思妥耶夫斯基的《地下室手记》，通篇都是人物的独白。

我是一个有病的人……我是一个心怀歹毒的人。我是一个其貌不扬的人。我想我的肝脏有病。但是我对自己的病一窍不通，甚至不清楚我到底患有什么病。我不去看病，也从来没有看过病，虽然我很尊重医学和医生。再说，我极其迷信；唔，以至于迷信到敬重医学。（我受过良好的教育，决不至于迷信，但是我还是很迷信。）不，您哪，我不想去看病是出于恶意。您大概不明白这是什么意思。可是，我明白。当然，我向你们说不清楚我这种恶意损害的到底是谁；我非常清楚，我不去找医生看病，对他们丝毫无损；我比任何人都清楚，我这样做只会有损于自己的健康，而损害不到任何人。但是我之所以不去看病，毕竟是出于恶意。肝疼，那就让它疼好了，让它疼得更厉害些吧！

我们可以看到，陀翁赋予人物的语言一种独特的气势和激情，我们从头读到尾，都能感到一股强大的张力，这张力来自小说人物时时处处都在对抗我们习以为常的表达方式、思想观念，因而每时每刻都在制造着落差和惊奇。当然，你也可以用冲突和矛盾来解释这种可读性，通过人物语言，我们可以感受到他与自我、与他人、与其环境之间的格格不入、反复矛盾。语言的落差，与小说情节里的冲突，是硬币的一体两面，实际写作中是无法分割的。

优秀的作家，可以在任何事物中发现惊奇，并通过语言表达出来。比如托尔斯泰写自己扫地：

> 我在打扫一间屋子，并且在屋内四处晃荡，当我来到沙发面前时，我无法记起来我是否清洁过它。因为这个清洁的动作是如此的机械和无意识，我记不住它，我也感觉自己不可能记住它。
>
> 如果我清洁过沙发，然后又忘了，这就是说，我在无意识的干活，这跟我没干活有什么区别呢？
>
> 如果有个有意识的人，一直在盯着我看，那么这个清洁的动作才会成立。如果没有人在看，或者那个人也是无意识的在看我。这个动作还能成立么？
>
> 如果所有的生活，所有的人，都是在无意识中进行的、发生的，那么这样的生活就像是从未存在过一样。

他使用一种惊奇的方式来表达他在扫地过程中思考到

的内容，得到一个骇人但真实的答案，我们每个人都知道他要说的这个事实，但是他用这种方式说出来，还是有力量。因为他利用了一个陌生的视角来打量这一切，好像他是一个毫无生活经验的旁观者，第一次观察自己的行为，对人类的一切事务都感到意外。

再比如，在描述鞭打犯人的场面时，托尔斯泰是这么写的：

> 剥去那个犯人的衣服，将它们狠狠的丢到地上。用藤条在屁股蛋上拍几下，待红了几条印子，便猛抽屁股根儿。为什么用这种原始而野蛮的方式去施加痛苦呢，为什么不是别的方法？用针去扎胳膊不行么？用钳子去夹手夹脚不行么？

这个观察者显然毫无常识，难道鞭打犯人不是最司空见惯的行为吗？这还用问为什么？但托尔斯泰的天才之处就在于此。我们缺少感觉、毫无知觉的地方，他教我们重新发现其中的荒谬和残酷。

3

关于小说的技巧、观念，我们受到很多西方作家的影响，现在我们课堂上讨论的这种现代小说形式，主要是来自西方文学。但小说语言方面的积累，还是要以母语作家为师，方能学到精髓。

当代中国作家中，有两位小说家重点论述过语言问题。首先是汪曾祺，他是从民国时代走过来的，经历过好几个白话文的特殊时期，对语言自有其独到的见解。他的几个重要论点如下：

> 1. 语言具有内容性，语言是小说的本体，不是外部的，不只是形式、技巧。
>
> 2. 世界上没有没有思想的语言，也没有没有语言的思想。语言的粗俗就是思想的粗俗，语言的鄙陋就是内容的鄙陋。想得好，才写得好。
>
> 3. 探索一个作者的气质、他的思想（他的生活态度，不是理念），必须由语言入手，并始终浸在作者的语言里。
>
> 4. 语言具有文化性。作品的语言照出作者的全部文化修养。写作者应该多读书。杜甫说的“读书破万卷，下笔如有神”，是对的。
>
> 5. 语言的美不在一个一个句子，而在句与句之间的关系。
>
> 6. 包世臣论王羲之的字，看来参差不齐，但如老翁携带幼孙，顾盼有情，痛痒相关。好的语言正当如此。
>
> 7. 只要你留心，在大街上，在电车上，从人们的谈话中，从广告招贴上，你每天都能学到几句很好的语言。

陕西作家贾平凹谈论小说语言时，观念上跟汪曾祺有着惊人的相似之处，但是更加具体，更加强调操作方式。他指出语言之妙，具体妙在哪里，我们写作者应重点在何处着力。这里也节选几段供大家参考。

1. 我特别注意捡拾散落民间的古语，还有方言呀，表达式呀，保持民间视觉。从作品的语言可见一个作家的气质、性格，他成长的环境，他的学识修养，等等。

2. 在河南洛阳，有人送我一个碑帖，上头有一段文字叙述女道士的漂亮，用了"有独立之姿"的词句，突然觉得很新鲜，很独特，过目不忘。

3. 何谓好语言？能准确表达此时此地此事此物的环境、情绪的语言，就是好语言。

4. 话有三说，巧说为妙。巧说就是讲究词与词的搭配。音乐感、节奏感，就多用动词，这样容量大，有凝重感，还能增加语言的质感。杜甫的"牵衣顿足拦道哭"，拍电影可以拍十几分钟。

5. 语言中的动词，比如我散文中"两山夹出一道水"这句话吧，你用"流"就俗了，人人都用；你用"漫"，又不准确；用"溢"，意思反了；只能用"夹"。

6. 写作语言有两类，一是外化的，慷慨激昂；二是内化的，用闲笔，风格在闲话上体现，沈从文呀，周作人呀，把语言还原到本意上，成语还原到不是成语上。

7. 我主张单句要明白，组成段要模糊。写诗每句平白，组合起来整体上要深邃。一定要不经意，不经意是大经意，淡泊，放达，语言老道，如汪曾祺、孙犁，汪的语言好像他总要当和尚，孙犁的语言好像他本身就是和尚。

两位作家在这里提到的语言，大多指涉的是小说中叙事者的语言，也就是作者本人的语言。在有些小说中，作者本人不发出任何声音，这种时候，作者的语言就无法派上用场。小说的语言是一个复杂的多声部系统，我们要多收集活的语言，多去提炼闪光的句子。或者说，如果作者只有一套语言系统，那就肯定不够用，小说的复调性就体现不出来，篇幅稍长，就无法写出立体丰富的质感。

两位作家都提到要注意从民间资源中取经，那是因为民间的语言都是活的，而且是多元的，人物的语言一般也都来自民间。

4

如何从民间取经呢？当然还是观察生活，保持对人的好奇心。僵死的语言，往往是生活封闭的结果。

1942 年，郭沫若剧本《屈原》在重庆首演。剧中婵娟斥责宋玉："宋玉，你是没有骨气的文人！"

郭沫若在台下听了，觉得不够味。想加上"无耻的"三字，发现更加不对味。正在左思右想，一个演员在旁边化妆，插话道："是字改成这字，味儿就对了。"

果不其然。"你这没有骨气的文人！"味道多正。

有时候，因写作者自身个性气质的局限，一时很难想出最为贴切的人物语言，闷头硬想，一般不会有什么好结果。这就需要平时多积累，多从活生生的日常生活中保存鲜活的语言：一方面是以备不时之需；另一方面，当你积累得多了，你的整个语言系统就会显得灵动，时不时会自动冒出一些令你自己惊讶的内容。

湖北小县城安陆，表达“我想你了”时，会说“我欠你了”。山西有些地方夸人好看叫喜人，说人坏蛋是灰猴，出去玩是去哪胡撒，说人讨厌叫不敬眼。这种语言，不可能是作者闷在书房里想出来的，它的表现力和现实感，可以为虚构作品提供强大的说服力和感染力。

在我的老家湖南湘潭县石鼓镇，有些老人称那些华而不实的年轻人叫“样子货”，赌咒发誓时常说的话是“我要讲假话，你一竹竿叼泡屎放我鼻头上”。我在写文章（不一定是小说）的时候，因为有这套方言系统作为参照，总是能发现普通话的乏味和无力，因此总会心存念想，总想加入一些异质性的词语和句子，使语言更有特色。这些词语和句子，不一定原原本本来自方言，它们可能是一种组合，甚至是一种新的创造。

今天的年轻人，学习民间语言的机会有限。但实际上如果留心，会发现网络语言中也有很多鲜活的民间话语。那些抒发了真情实感的段子，那些灵光一闪的句子，都是值得我们留心的。

经济学家王亮在微博上写了一首诗：“锄禾日当午，不如交易苦。对着K线图，一哭一上午。哭了一上午，还要哭下午。仓位补不补，心里非常苦。”

某少妇在微博写的感言：“都说婚姻是爱情的坟墓，更可气的是还有人来盗墓。”

这幽默，这反讽，这活灵活现的口气，张口就来的随性，都是文人学者缺少的东西。不要觉得这些东西就是俗，或者只要看到是俗的东西就觉得不好。民间的语言本身就是俗的，但这种俗里有人情味，有生活气息。《红楼梦》开头的《好了歌》自然算不上多么雅，但是曹雪芹也不会觉得这样的民间话语比不上他自己写的诗词，放到小说中，效果只会比文人诗词更加好。

有些大作家，他的天赋不在于妙笔生花，而在于体察世情。比如俄国作家果戈理，你要他用自己的语言写任何东西，全都会是陈词滥调。听说他的俄语很差，中学时给人写信，待他成名后，有人拿出来看，吓了大家一跳。他的文字不仅毫不出众，甚至还有大量的语法错误。他本人也承认自己语言功底不好。他写大自然的美也好，写女人的美也好，全是陈词滥调，写起人物的外貌来，像是小学生手笔。

但是，只要果戈理写起那些文盲、骗子、法官、乡下女人和吝啬鬼，他的笔就像被施了魔法一样，写一个活一个。他好像根本没有自己的语言，也不屑于经营自己的语言。他像一块海绵，把他在生活里遇到的那些活生生的语言都吸收进来，写起小说来，就像有数不清的人物在自己说话。

5

这种人物语言的纯粹性，可能是现代小说的一种极致追求。博尔赫斯说，世界上最完美的短篇小说是巴别尔的

《盐》，这篇小说从头到尾就全都是人物的语言。

> 亲爱的主编同志，我想给您描绘一下那些个挖我们墙脚的妇女是何等地没有觉悟。您遍访国内战争的各条战线，写了许多报道，我相信您不会忽略一个名叫法斯托夫的民风刁恶的火车站，这个火车站位于某个遥远的国度的某个鲜为人知的地方，我当然去过那里，喝过私酿啤酒，用以润湿唇髭，但没有咽下肚去。关于上述车站，有许多东西可写，然而就如我们家乡的俗话所说，别把上帝拉的屎搬过来当宝贝。所以我只写给你看我亲眼见到的。

这种情况看似只有人物在发声，实际上对写作者语言功力的要求是极高的。因为说到底，写下这篇小说的人终究是巴别尔，而不是那个自称巴尔马绍夫的军官。巴尔马绍夫是巴别尔的造物。巴别尔在创造这个人的时候，给了他一套语言系统，这个难度，当然大于用自己常用的作者风格自说自话。

能够写出这样水准的小说，对语言往往有极致的追求。巴别尔说：我反反复复地仔细检查每一个句子。开始，我先删去所有可有可无的词语。你要时刻警惕，因为这些词语是如此狡猾。那些毫无价值的词语都躲藏了起来，你必须把它们挖出来——重复词、同义词，还有毫无意义的词语。在清除这些垃圾之前，我把文章分成短句。句号越多越好。我将这定为一条法则。一个句子所表达的不要超过一种思想或一个形象。

巴别尔这里重点强调了简洁。简洁是语言文字的基本要求，同时也是最高要求。

持这一观点的作家不在少数。马克·吐温就说过，一本书的成功不在于你写了什么，而在于你省略了什么。他还说："一旦你看到形容词，就消灭它。形容词是名词的天敌。"我用这个方法治好了自己青春期文字中的诸多病症。

托尔斯泰也说过类似的话，他说："对于敏感而聪明的人来说，写作的艺术不在于知道写什么，而在于知道不需要写什么。任何出色的补充，也不能像删节作品那样大力改善作品。"

契诃夫更是说得直截了当：写得简练，就是写得有才气。

1899 年，契诃夫写信给刚刚踏上文坛的高尔基，指点他写作的窍门，他是这样谈到语言问题的：

> 还有一个忠告：希望你看校样的时候尽量删去形容词。您的作品里有那么多的形容词，弄得读者注意力难于集中，容易疲劳。如果我写"一个人坐在草地上"，这就容易懂。因为它清清楚楚，不妨碍注意力。要是我写"一个高高的、窄窄的、身量中等的、留着棕色胡子的人坐在绿油油的草地上"，就不好懂，使脑筋感到吃力。

当然，也并不是所有的作家都认为语言应当以简洁作为标尺。关于小说家的语言，批评家乔治·斯坦纳有个观点，他说我们要警惕那些极简主义风格的作家，因为那种人为制造的简洁含蓄，把语言紧缩到一种有力的抒情速写的做法，也缩小了我们观察和书写的生活空间，长此以往，只会导致语言的浅薄化，让很多文学变得愈加平庸。斯坦纳举例说，海明威的《杀手》虽然完美简洁，但是相比之下，《罪与罚》则包含了全部的生活，而这全部的生活是海明威单薄的语言媒介无法承受的。所以斯坦纳推崇乔伊斯和福克纳式的极繁主义文体，因为他们使用的语言不断敲打着我们的感觉，发掘出我们未知的感受力，“他的语词经常像起了癌变，疯狂地繁殖”。

这种观点也是值得我们参考的。如果追求简洁是以丢失复杂性作为代价，那很可能得不偿失。我个人的看法，真正的简洁，应该是恰如其分地表达，不多也不少。不能是缩减，更不应是膨胀。

第十日

打磨与修改

0

福楼拜是一位非常低产的作家。他写得很慢，一边写，一边改，一部小说往往要写上很多年。他写了一辈子，全部的作品，刨掉书信之类的文字，出成文集也只不过那么几卷而已，跟那些与他地位相当的经典作家比起来，实在是不起眼。然而，现代主义以来的小说大师，大多数都承认自己的守护神是福楼拜，不约而同地将自己创作的源头追溯到他身上。

卡夫卡认为自己是福楼拜的“精神之子”，纳博科夫盛赞福楼拜，认为没有福楼拜就没有普鲁斯特，就没有乔伊斯，自然也没有他纳博科夫。哈金称自己的小说有时候是在向福楼拜致敬。中国当代作家里，先锋派作家格非对福楼拜青睐有加，木心也十分喜欢福楼拜，称其为“文学舅舅”。

关于福楼拜的写作方式，文学江湖上流传过不少传说。据说，福楼拜的朋友在他家逗留期间，在中午时分询问福楼拜写作进度如何，福楼拜回答：一上午只写了一个逗号。然后到了晚上，再问他下午的进度如何，福楼拜回答：把上午写的逗号删掉了。

或许这样的传说有夸张的成分，但福楼拜创作的艰辛是真实的。从他的书信来看，他在写作的过程中经常感觉到沉重的担子，感到无法解脱的劳役。以至于有时候他会自我怀疑，把字斟句酌、无止境的修改当成天大的事，是不是错了。他在信中向情人诉苦："说到底，艺术也不见得比九柱戏更正经。世上的一切，说不定只是一个大玩笑。"然而，在下一封信里，他又再度毫无保留地投入了小说的写作。如此日复一日，循环往复。

> 我生活中刻苦自勉，没有任何外界的欢乐，支持我的是一股狠劲，有时真为自己无能而痛哭，而且这种无能还是经常性的。性喜写作，这种狂热有点反常，就像苦行僧喜欢刺肉的粗毛鬃衣……时常觉得脑子里空空如也，表达不力，涂了几页，发觉竟没作成一句，颓然倒在便榻上，陷于烦恼的泥沼。我恨自己，怪自己太自负，为没影儿的事忙得气喘嘘嘘。一刻钟以后，一切都又变过，心又欢快的跳起来。

他对自己的写作，从一开始就抱有很高的期望值，十四五岁开始醉心于写作，直到三十六岁才发表作品。越过前辈们已经占据的领地花去了他太多时间。他不厌其烦地反复删改自己的作品，从来不急于发表文字；他在自己的写作中进行各种实验，想把激情和写实充分融合（《情感教育》），或者试图彻底打破文体的束缚进行无文本主义的自由写作（《秋之韵》）。他以艰苦的探索和长年累月的思考追求着完美的艺术境界，终于在1865年开出了一朵叫《包法利夫人》的艺术之花。

实际上，在写《包法利夫人》之前，他已经写过两部没有发表的小说，即《情感教育》和《圣安东尼的诱惑》，他把稿子朗诵给朋友们听，得到了否定的回应。在这种情况下，他以全部的心血投入创作《包法利夫人》，这一次，“要么成功，要么从窗口跳下去”。他全力以赴，花了六年时间，写成这部小说。

这六年里，每天写不到五百字，永远在字斟句酌、反复删改，一遍又一遍推倒重来。正是在这六年里，福楼拜与浪漫主义彻底决裂，他要走一条“前人没有走过的路”。这种近乎残酷的努力没有白费，福楼拜独特的客观艺术风格形成了，而且，他的语言艺术几乎达到无可挑剔的程度，三言两语就可以准确无误地描绘出生动的形象，他笔下的人物活灵活现。比如他写查理求婚，总共一百多字，却把查理的怯懦、卢欧老爹的豪爽勾勒得淋漓尽致；他写老包法利，纯粹用白描手法，几句话就把他浪荡的习性刻画出来，而且入木三分。

我们可以把《包法利夫人》的写作看作是福楼拜对自身浪漫主义情愫的一次集中清理，也是对冷酷现实生活的一次猛烈控诉，“我们的现实生活已经容不下哪怕是一点点的浪漫幻想”。因此，福楼拜一再强调，爱玛的原型就是他自己，他解剖爱玛的同时也是在解剖他自身，解剖整个布尔乔亚阶级把虚伪装得高雅、把庸俗装得浪漫的丑陋心态。这其中又涉及人类的普遍劣根性，即自我中心主义。福楼拜对这一切都进行客观、真实的描写，尽管表面上不带任何个人的感情色彩，却更加使人感受到作者对这一切的忧愤和失望。

我们今天看到的《包法利夫人》，篇幅只是小说初稿的三分之一不到。那是精益求精的明证。福楼拜有一句名言，比契诃夫强调简洁的那句（写得有天分，就是写得简洁）更加简洁：天才即耐心。

这种写作上的耐心的首要表现是对文字的苛求上。“某一现象，只能用一种方式来表达，只能用一个名词来概括，只能用一个形容词表明其特性，只能用一个动词使它生动起来”，纵观福楼拜的所有作品，可以发现，文字的讲究是最突出的特点。简洁，生动，冷静，句式灵活，尽管几乎每一部作品的文字风格都各不相同，但却讲求着相同的原则。

节约文字、少说废话是一个作家的基本美德，而福楼拜则将这种美德提升为艺术本身。与福楼拜同时代的评论家批评福楼拜破坏法语的纯正性，因为福楼拜经常不按语法来组织词句，他的句子可能只有一个动词或形容词，但是你不得不承认，这个残缺的句子不仅在表意上完整无缺，就是从语感方面来看，它也是流畅自然的。没有经过对文字的刻苦锤炼，不会有这样的效果。在《包法利夫人》和《萨朗波》里，这种文字的考究最让人折服。

福楼拜自己是这样说的：

> 我宁可像条狗累死，也不愿把一句还不圆润的句子提前一秒钟端出去。我头脑里有一种写法，求语言有味……在此之前，我不愿糊弄读者。

为了寻求精彩、和谐而又富于音乐性的句子，他有时竟至累得虚脱。他终日伏案写作，一生的感情都维系在写作上。我们有理由说福楼拜的小说所反映的社会生活比巴尔扎克和司汤达的作品要狭窄得多，但也不得不惊叹福楼拜深刻的洞察力以及他那几近完美的艺术风格。他写作一生，所有的作品却只有六部长篇和三个短篇，这只相当于巴尔扎克三年的写作量。然而，就影响力而言，他丝毫不逊于巴尔扎克，甚至比巴尔扎克更具分量。追求完美需要的是艰苦卓绝的奋斗以及精益求精的意志力，我们应该庆幸文学史上有过这么一位作家做出了这种尝试，同时也应该对当代的游戏文学保持警惕和反思。

1

作为读者，我们似乎只应关心作品最终呈现的样子。就像喝茶，我们不需要知道茶叶的制作过程，我们只关心最终喝到嘴里的味道。

而对茶叶制作过程毫无兴趣的人，很难谈得上对茶有真正的喜好。而对于艺术作品来说，更是如此。因为艺术品从来都不是流水线的产物，它的制作流程也不像茶叶的制作那样有章可循。它是被孕育出来的，用生活的血肉养育出来的。

很多人误以为，将初稿一口气写下来，作品就算是基本完成了。尤其很多年轻的初学者，搞不清写作真正的难点在哪里，所谓的打磨和修改，究竟意味着什么。

海明威说的百分百正确，所有人的第一稿都是狗屎，包括海明威的，当然还有你的。

初稿是垃圾，没错，但一开始，我们必须接受垃圾，因为沙子里面可以淘金，垃圾经过严酷筛选和细致打磨，就会产生艺术品。初稿的真正目的，就是解放我们的表达欲，所有该写的，不该写的，我们都可以在初稿中释放出来，因为所有的修改，前提条件是有东西可改。如果你一开始就想要完美，完美是不会现身的。很多时候，你需要首先写下来，然后才知道哪些需要删改。理想的情况下，初稿写作要尽可能地详尽，可以废话连篇、洋洋洒洒，完成就是胜利。二稿则是大刀阔斧地砍削。三稿是精雕细琢地雕刻、补缀。

我经常碰到这样的情况，就是有学生写了一点随笔，大概两三千字，多的也不超过五千字，文体介于散文和小说之间，看得出他们写得小心谨慎，但是缺少严酷的修改，他们将这样的稿子发给老师，期望得到指点，提高自己的写作水平。

我有时会回复："文字欠打磨。主题太单薄。结构也不合理，在取材、表现方法上都显得陈旧，缺少新意，有高中作文痕迹。作为习作是可以的，但要坚持多读多写，方有持续进步。起码要先写上几打这样的练习，然后才能发现自己真正想写的东西，那时才是写作的开始。”

面对这样的回复，学生往往不知所措。他们不知道我在说什么。他们甚至会继续追问：可不可以请老师说具体一点，文字应该怎么打磨？主题单薄是什么意思？如何有新意？可否推荐书单？

我不知道该怎么回答。因为这涉及我们对写作这一行为的理解，有根本的分歧。从这样的交流中可以看出来，大部分人对写作的理解，都是速成的。总以为有一些放之四海而皆准的法则可以直接拿来用，或者有一个清晰可见的标尺可以用来衡量写作的好与坏。

这使我想起果戈理是怎样写作的。果戈理的初稿一般来说总是毫无亮点，满是多余的废话和感叹，各种中学生水平的句子，因为他根本不把这种东西称为写作，初稿对他而言，就是寻找感觉。然而，经过两轮修改，到了第三稿以后，你会承认这是天才的作品。他自己是这样描述他的写作过程的：

> 先把所想到的一切都不加思索地写下来，虽然可能写得不好，废话过多，但一定要把一切都写下来，然后就把这个笔记本忘掉吧。此后，经过一个月、两个月，有时还要更长些，再拿出所写的东西重读一遍；您便会发现，有许多地方写得不是那么回事，有许多多余的地方，而又缺少了某些东西。您就在稿纸旁边修改吧，做记号吧，然后再把笔记本丢开。下次再读它的时候，纸边上还会出现新的记号，如果地方不够了，就拿一块纸粘在旁边。等到所有的地方都这

样写满，您再亲自把笔记本誊写一遍。这时将自然而然地出现新的领悟、剪裁、补充，文笔也随之洗练。

用这样的方式写作，文字是不会端着的，也不会出现大量不自然的、言不由衷的表述，不会有那种为了写作而写作的刻意。这是我眼中最有诚意的写作。在文字表达中，就像我们日常口头表达一样，不论你才华多高，眼界多宽，总有很多内容并不是我们真正想要的，它们总能逃脱我们的监管，顺着泥沙滔滔而下。

因此，我们写作时，最好不要正襟危坐，不要沐浴焚香，不要指望有头有尾地、流畅自如地写下一篇杰作。

2

当第一稿终于圆满画上句号的时候，你应该意识到，这才走了一小半的路程。也有人认为这才刚刚上路。真正的写作是改写。

就像果戈理说的，在整个作品完成之后，一般来说要搁置一段时间，让它变得生疏、有距离感。有人称之为“冷处理”。然后，试着让自己变成一个陌生人，一个苛刻的读者，重新翻开你写下的东西，始终带着挑剔的眼神打量那些文字。

写作时，主观性越强越好，可以任性而执拗，完全不必顾忌别人怎么看，不在乎别人的思路，不受一些观念的影响，哪怕飞扬跋扈。这样才会获得更大的自由，一些超绝的奇思会在这样的情与境中形成。但是修改的时候，就不得不站在非常客观的立场上来回头检视了。

最初的修改，主要是删，像个冷酷的编辑一样无情地删去那些多余的内容，其次才是改，一字一句地较劲。

契诃夫看了他哥哥写的作品，写信提修改意见，首先就是狠狠地删：

> 要删节，兄长，要删节！直接从第二页开始删节。可不是吗，那位商店顾客与小说中的情节无关，为什么要给他整整一页的篇幅。删去它一半还嫌留得多一些呢！请你原谅，一般来说，我反对那些未经涂改的小说。应当狠狠地涂改。
>
> （《契诃夫书信集》）

一些经验丰富的作家和编剧认为，以小说和戏剧而言，二稿的字数最好是初稿的一半，不超过三分之二。

罗伯特·麦基说，如果你的故事用上了你所写的每一个场景，你的修改只限于提炼对白，那么你的作品几乎肯定要失败。如果你做出明智的选择，找到百分之十的完美，而将剩余部分抛弃，那么你的每一个场景都是有力的。全世界都会坐下来景仰你的天才。

确实如此，创造力本身就包括摒除平庸、虚假和谎言的勇气。

看看伟大的托尔斯泰怎样看待自己的初稿吧，他总是带着一副不满意的样子，甚至动不动就把稿子摔到地上，咒骂自己写得无可救药。日记里，他只要一提到写作中的稿子，基本上全是修改的念想，甚至还会表达对修改难度的绝望。比如托尔斯泰在1897年的日记中写下：

> 开始浏览《复活》，读到他决定跟她结婚时，讨厌地扔掉稿本。一切都显得肮脏、杜撰、虚弱。已经糟蹋了，难以再修改。

在他早期的日记和写作笔记里，也经常有大段关于修改的自我暗示：

> 写作而不加修改，这种想法我应该永远抛弃。三遍，四遍，那还是不够的。而修改首先包括压缩，删去一切不必要的、多余的和不健全的。

写作《战争与和平》期间，他的妻子索菲亚帮他誊抄稿子，不管改过多少次，只要拿到新的誊抄件，托尔斯泰总是大幅删改，把稿子弄得面目全非。最后，索菲亚实在不堪重负，只好把誊抄好的稿子藏起来，不让托尔斯泰看到。连出版商也用这一招对付他，因为校样如果太早发给他看，他就要改，改到几乎是重写的程度，打回出版商就等于一切重头再来。所以最好的办法是不给托尔斯泰留太多时间看校样。

这种修改的欲望，就是天才的明证。

3

福楼拜也认为，涂改和难产正是耐心的标志，因而也是天才的标志。他的学生莫泊桑从他这里学到这样一种写作态度：

> 我们不论描写什么事物：要表现它，唯有一个名词，要赋予它运动，唯有一个动词，要得到它的性

> 质，唯有一个形容词。我们必须继续不断地苦心思索，非发现这个唯一的名词、动词和形容词不可，仅仅发现与这些名词、动词或形容词相类似的词句是不行的，也不能因为思索困难，就用类似的词句敷衍了事。

用这样的标准修改，实际上就是承认修改没有结束的可能。

对初学者而言，他们最急需了解的，往往是最基本的文字修改。正如我的学生们曾经问我的问题：文字到底要怎么打磨？确实难以回答。这里只能以最简单、最教条的方式，针对最基本的语言修改，提出几点建议：

1．首先，务必打印出来修改，观察会更细致。

2．避免缀余的词，如或多或少，差不多，尽管如此之类。

3．避免使用过渡词、转折词、连接词，如于是、因为、所以、从而、进一步讲、但是、或者。能不用就不用。

4．绝大部分“的”字其实可以去掉（不信可以试试）。

5．避免使用被动句。

6．避免重复用词。

7．使用人称代词要谨慎，要多考虑一下，多试几种效果。

8．用具体表述代替抽象大词。

9．修改时读出来，改正所有拗口的地方。

用这样的方式将文字梳理一遍之后，我们才有可能去追求福楼拜所要求的那种准确。这就涉及锤炼字句的问题了。

不要以为这种基本的词句修改只限于初学者，其实大师们也是这样做的。

鲁迅是一个擅长打腹稿的作家，也就是说，在真正落笔之前，他已经在心里写好了初稿，甚至经过了很多次的修改。这需要强大的记忆力，也需要极好的创作习惯。即使如此，在写下近似于定稿的初稿之后，鲁迅还是会一改再改。甚至发表之后，他收到刊物，还会继续修改作品。

他改了些什么呢？首先就是词语的准确性。

《祝福》1924 年发表在《东方杂志》的时候，有一段是这样的：

> 五年前的花白的头发，即今已经全白，全不像四十上下的人，脸上瘦削不堪，黄中带黑，而且消尽了先前悲哀的颜色，仿佛是木刻似的，只有那眼睛间或一轮，还可以表明她是一个活物。

等到收入《彷徨》，我们发现鲁迅改了两个关键的词语。他把“悲哀的颜色”改为“悲哀的神色”，把“眼睛”改成了“眼珠”。也许你会觉得这样的改动不起眼，但如果你细细品味，会发现他的改动是更为准确、细腻的。尤其是“眼珠”一词，对应“活物”，反差更加强烈，也预示着祥林嫂生命即将走到尽头。

一般而言，最能体现用词准确的，还是对动词的选择。

比如鲁迅的小说《示众》，初发表时有这样一句：从他肩膀上伸出一只胖得不相上下的臂膊来，伸开五指，拍的一声正打在胖孩子的脸颊上。等收到《彷徨》中时，鲁迅已将“伸开五指”改为“展开五指”。为什么要这么改呢？首先，前面半句“从他肩膀上伸出一只胖得不相上下的臂膀来”，已经有了一个“伸出”，后面再接“伸出”有重复之感，音节上也不对。最重要的是，“展开”比“伸出”更有异质感，也就是我说的陌生化效果，它使这个关键动作显得不再是理所当然，而是很刻意，很骇人，表现力强多了。

很多重视语言的作家，也都对动词的锤炼有讲究。

贾平凹说：“人们乐道王安石的‘绿’字，李清照的‘瘦’字，李煜的‘愁’子，杜甫的‘过’字……所谓锤句锻字，竟然都是这动词上了……杜甫的‘牵衣顿足拦道哭’，七个字里四个动词，形象能不凸显吗?”

这是经验之谈。我们再看一看阿城《溜索》中的一段：

> 一个精瘦短小的汉子站起来，走到索前，从索头扯出一个竹子折的角框，只一跃，腿已入套。脚一用力，飞身离岸，嗖地一下小过去，却发现他腰上还牵一根绳，一端在索头，另一端如带一缕黑烟，弯弯划过峡谷。

那个“小”字当作动词用在这里，实在妙绝。可以想见，在写这段文字时，阿城的精力都放在对动词的打磨上了。

经过文字删改后，结构会更加清晰，这才走到了更高一级的修改，也就是结构调整。这时需要调整布局、重写开头、观念修正等等。

当然，就跟字词的修改一样，这同样是个无底洞。

4

关于修改，老舍有过专门论述，谈得很透彻，方法也很实用：

> 文章必须修改，谁也不能一下子就写成一大篇，又快又好。怎么修改呢？我们应当先把不必要的话，不必要的字，狠狠地删去，像农人锄草那样。不要心疼一句好句子，或一个漂亮字，假若那一句那一字在全段全句中并不起什么好的作用。
>
> 这样“锄”一两遍，看一看全篇已经都联贯清楚了，再细细修改字句。首先，要把不现成的字，换上现成的字，把不近情理的字，换上近情理的字。比方说，我们的小猫在屋中撒了一泡尿，我们便写“这使我异常愤怒”，便似乎不大近情理；不如说“我有点生气”。
>
> 文章通体都顺当了，我们须再加工，起码教重要的句子有力量，带感情。由心里说出的真情实话必定有力量。
>
> 为多修改就须多念自己的文章。这里所说的念是

> 朗读的意思。文字写在了纸上，我们不容易知道它们的声音好不好，音节好不好，用字现成不现成。非出着声儿念不可。
>
> （《我怎样写小说》）

我们可以读一读老舍的小说，看他不同版本之间的修改之处，就会发现，老舍在实际的写作中就是这么实践的。他有篇经典小说《月牙儿》，写于20世纪30年代，1949年后再版时，老舍字斟句酌，又修改了一百多处，“既考虑到文字的意象，又顾到声音之美”，总是在寻找更好的表达方式。比如最初发表时，小说中的这一段：

> 小蒲公英在潮暖的地上似乎正往叶尖花瓣上灌着白浆。什么都在溶化着春的力量，把春收在那微妙的地方，然后放出一些香味，像花蕊顶破了花瓣。我忘了自己，像四外的花草似的，承受着春的透入；我没了自己，像化在了那点春风与月的微光中。月儿忽然被云遮住，我想起来自己，我觉得他的热力压迫我。

再次修改后的版本中，这一段是这样的：

> 小蒲公英在潮暖的地上生长。什么都在溶化着春的力量，然后放出一些香味来。我忘了自己，我没了自己，像化在了那点春风与微光中。月儿忽然被云遮住，我想起来自己。

删去了一大半。仔细读会发现，修改后的版本虽然字数大大减少，但自然得多，更加朗朗上口，没有不近情理、不符合人物语言的措辞。这一段写的是主人公走投无路，被一个有钱的浪荡公子欺骗和占有，她回想这段经历时，心痛有之，哀怨有之，原来的版本想表现这种情绪的复杂，结果流于过度抒情，脱离了人物的情感基调，也显得“文艺气息”浓厚。修改之后，节奏舒缓了，同时语气更有哀叹之感。

要知道，这是两个发表版本之间的比较。可想而知，在创作过程中，当作品还未展示出全貌时，这种修改会多么频繁，多么细致。

老舍在讨论修改问题时，一再提到要读给身边的人听，多听取别人的意见。尤其二稿或三稿过后，自己会失去判断力，别人的意见往往会很管用。

但我发现，今天的写作者似乎不时兴这样做了。年轻人当中，写东西更像是一种私密的行为，即使很亲密的朋友，也不再有一个读一个听的胜景。这实在是一种损失。

托尔斯泰这种级别的作家，在写作过程中还总是不断把稿子寄给自己信任的同行、批评家，请他们帮忙提意见。写《战争与和平》到第三年时，他写信给作家费特：

> 请劳神提出您的意见，一定要直言不讳。我毫不畏惧我所尊敬的人的意见，而是非常欢迎他们的审判。比方说，屠格涅夫指出，用整整十页描写 NN 如何搁置她的手，这是不允许的。这个意见帮了我很大的忙，但愿日后我不再犯这种罪。

这真是不可思议，他居然真的用了十页去写一个手部的细节。因为一个人进入了写作状态之后，会处于某种无法评判自我的癫狂之中，只顾着尽兴表达，做不到公正客观。

卡夫卡也是这样做的，他可能学的是福楼拜，总是逮着机会要把自己的小说读给朋友听。据说他读得很有魅力，脸上总是带着笑容，那些看起来气氛压抑的小说，在他的朗读之下，带有一种特殊的幽默感。当然，他在享受这个过程的时候，也非常看重别人的意见。

而我发现在现实生活中听到别人向自己提意见时，不管是成名作家，还是尚未入门的学生，总显得拘谨，不知所措。我自己也有这样的问题。看来，还是这方面的经验不够。

前面提到过果戈理的天才都是修改之后才体现出来的，他不光根据自己的意见改，改完之后，他还要读给别人听，有时甚至是毫不相干的人，因为这些人提的意见会更加直截了当，不用顾及情面。可以想见，果戈理有一颗多么强大的内心：我把自己的作品读给他听，就是因为他不喜欢它们，对它们抱有成见。读给您或者另一位不论我写什么都一味赞扬的人听有什么好处呢？你们，先生们，事先就对我有偏爱，已经做好思想准备，认为我的作品中一切都是完美无缺的。你们极少给我提出过中肯、严格的意见，可瓦西里耶维奇听我读的时候却专门挑毛病，批评起来又严厉无情，有时还非常精辟。他作为一个社交界里的人，一个富有实际经验而对文学一窍不通的人，有时当然免不了要胡说八道，但有时提的意见我却可以采用。读给这些聪明的、非文学界的审判官们听，对我恰恰是有益处的。

难怪果戈理会这样评价自己：我有一种世界上罕见的美德，可是谁也不想在我身上发现它，这就是我没有作者的自尊心和肝火。

对写作者而言，这真是一种了不起的美德。面对批评，感情上要有钝感力，同时理性上又必须保持高度敏感。临到头，还是要权衡和取舍，毕竟有些修改意见需要你珍视，有些则需要你无视。

5

今天的创作者，每天面对的是电脑文档，而不再是纸和笔。媒介的变化，也导致了创作心理的微妙转变。一方面，写作会更加放纵，更加无所顾忌；另一方面，写作后的修改比以往任何时候都更重要。

我们不再需要一遍遍誊抄稿子，可以无限修改下去。果戈理认为一篇稿子最少要修改八次。海明威说他的小说开头往往要写上四十遍。而到了今天，这个标准还可以再提高，不太可能出现修改过度的情况。

库切写小说时，初稿往往是写在纸上的，因为他觉得面对空白稿纸，比面对空白的电脑文档，更有想象的欲望。他的经典小说《耻》，第一本手稿共386页，像他的许多其他手稿一样，是写在他所任教的开普敦大学发给学生用的那种考试用纸上，之所以用这种草稿纸，是因为它廉价，存在感很少，如果用那种精致、美观的纸张，写作者就会显得拘谨，生怕写下的文字有失体面，遏制了想象的自由。正式输入电脑以前，库切会在手稿上面用红笔做许多修改。输入电脑以后，更加严酷的修改才正式开始。关于《耻》的开头，库切至少大幅修订了十三次。

库切说："我根本不记得我写的那些书是如何开头的。部分原因是，在修订的过程中，开头部分就被放弃了。如果进行本书的考古学，那么它的开头部分是在表面之下、土壤深处的。"

实际上，如果形成了精细修改的习惯，它是会反过来促进构思的。只有经历过修改的失败和痛苦，才知道什么叫成熟的构思，才能知道为什么鲁迅会说，不要想到一点就写。

海明威每天工作时，总是要写到一个比较顺利的部分才停止下来，第二天写作前，他会先将前一天写的文字修改一遍，这样才能很好地进入写作状态。

打磨和修改永无止境。修改包含着对自我的否定，也包含了自我的新生。缺少严谨修改的写作，是不会真正进步的。

有句话说得好：如果你害怕否定自我，本质上你害怕美和艺术。

附录一

文学阅读课有感

1

听闻文科生现已太多，而国家发展可能更需要理科生。而吾辈不才，正是在文科院校教书，教的还是中文。只可惜觉悟有限，竟以此为荣，殊可叹哉。

最近接手了一门名为“新世纪文学研究”的研究生选修课，刚开始颇费踌躇。一般而言，中文系带有“文学研究”四个字的课程，在学生眼里多半是面目可憎的，理论多、体会少，国内作家作品多、国外作家作品少。了解之后，我觉得同学们最欠缺的，还是对具体作品的细致阅读。不读作品，谈什么研究呢？谈玄说虚，自然兴味索然，且带有自欺欺人的意思。于是，和同学们商量着开列书单，多方权衡，列了二十来种近二十年来比较重要的作品，中外都有，要求仔细阅读，放开讨论，一个学期下来，能读几本是几本，不做硬性规定。

结果出乎我的意料。平日里，同学们习惯以网络文学作为阅读消遣，觉得那些文字更贴近他们的生活和时代。对当代最新的严肃文学成果，他们几乎没有主动关注的念头，对外国当代文学更是闻所未闻，因为不在考研的范围之内，文学系所有专业课，也都没有涉及这些尚未完成经典化的作家作品。他们记不住那些作家的名字，觉得距离非常遥远，跟自己的专业也没有多少关联。

就是在这样的情况下，讨论过几本小说之后，我发现如果给予充分自由的解读权，他们的阅读体验可以做到细致入微，现实感很强，比起很多所谓专业的读者和批评家来说，甚至更有原创性。他们普遍会从自己的生活困惑出发，在小说中寻求某种出路和解释。在谈论文学作品时，他们也会欣然离题，谈论自己的生活，谈论由作品内容引起的价值冲突。

2

比如，几乎所有同学都认定，西方当代文学作品比中国当代作品更加接近他们的现实世界和精神世界。也就是说，他们很清楚地感觉到库切、巴恩斯、托卡尔丘克、莫迪亚诺笔下的异域，比起莫言、刘震云、金宇澄笔下的乡土中国和市民社会，更让他们感觉亲切，也更加痛痒相关。他们强烈建议，鉴于学期即将结束，上课时间非常有限，应尽可能把更多时间分配给外国作家作品，少讲中国作家作品。

这是我始料未及的。这是来自中国现当代文学专业的研究生（也有比较文学专业的旁听生），对中国当代作家作品最体己、最坦诚的认知。他们与当今文学界的主流作家和批评家隔了至少一辈，观念截然不同，对文学的认知也差异巨大，以至于这些学生进入这个专业后，发现主流文坛上听上去名气很大的人物，不管写什么、说什么，都跟自己没关系，感觉更像是上一辈人的圈子游戏。

这一度让他们很有挫败感。

仔细一想，如果把眼光放长远一点，这帮孩子很可能部分代表着未来的文学品味和审美风向也未可知。

同学们也是在集中阅读、对比阅读之后，才发现当代中国小说带给他们的隔膜感究竟意味着什么。这种阅读印象可以说缺少深度，但一以贯之，那就是当代中国小说题材老旧、人物平庸、主题单薄、思想性差，用他们的话说，这些作品给人“闹哄哄的感觉”，不那么舒服，好像完全不关心眼下这个时代，有时当然也会佩服作家们讲故事很用心，语言也很流畅，但读过之后少有启发和诗意。而如果只是为了看故事，那么读小说就显得没有必要了，他们宁可选择电视剧和电影，甚至网络小说。

相比之下，西方作家所讨论的话题，比如当代社会对欲望和审美的桎梏以及超越之可能性、战后社会人的记忆与历史、自我的重构关系、当代知识阶级的信仰和虚无等，明显更让他们激动，更加有表达欲和参与感。他们在这些当代外国作家们的文字里，真正看到了“新世纪”的“新”，不同于之前读过的19世纪文学，也不同于20世纪以来的各种现代主义和现实主义，这批当代作家真正在尝试突破和创新，尝试对这个全新的时代进行正面的回应，因此在字里行间存在某种叙事上的“智趣”和思辨上的“理趣”。这些东西，是影视剧难以呈现的，因而对这帮孩子们来说具有高级感。他们会说，哦，原来文学还可以这样。

3

因此，课堂上大家都在问同一个问题：小说的可读性究竟是什么？为什么这些作品都很好读，都有可读性，但实际的阅读体验却有这么大的区别？尤其是读完莫言之后接着读库切，这种反差更加强烈。

我很认真地想了想这个看似不是问题的问题，发现了一些有意思的事。

其实所谓的可读性，可以用形式主义所谓的“陌生化”来解释。而陌生化，说白了就是要给人新鲜感和惊奇感。实现陌生化的手段，可以是语言上的，可以是情节上的，也可以是观念上的，总之，就是让人或多或少感到新奇，这样的文字才能抓得住人。

以课堂上我们读过的《蛙》为例，可以看到，莫言确实有讲故事的天赋，他的小说几乎每一个章节都充满“惊奇”，因而可读性很高，读起来很顺滑。第一章讲的是吃煤，把那种饥饿渲染得淋漓尽致，让人目瞪口呆，几乎每一段都有出人意料的内容迸出来，比如第一、二段是叙事者家乡与众不同的取名方法，用人的器官取名，陈鼻、王脚之类，紧接着则开始讲述王脚多么与众不同，他的驴多么与众不同，如此等等。

这就是莫言可读性的密码。他时时刻刻都在制造惊奇，一刻都不停歇，一个高潮接一个高潮。吃煤之后是抗日军医大爷爷的医术如何神奇，他的遭遇如何匪夷所思；再之后是年幼的姑姑在被日军俘虏后如何从容应对，她从医初期面对的接生婆如何荒唐可恶、难以置信……

以此类推，纵观莫言的其他小说，就能发现莫言的可读性和陌生化，基本都建立在特殊年代的特殊经验之上。那些年代与今天的现实生活有很大的反差，于是处处透出惊奇、传奇的色彩，而莫言的才华在于擅于抓住这些异质成分，汪洋肆意地大做文章。

这就是为什么那么多当代著名的乡土作家没办法写眼下的城市生活（在非特殊年代，他们找不到惊奇），也写不了知识分子群体（知识和观念绝非他们的长处），只好一直在那个早已不存在的乡土中游荡，以各种姿态挖掘早已不新鲜的老旧传奇。

这不是莫言的个人特点，而是中国当代文学的普遍现象，而且他们把这种对现实的漠视，当成是对现实的关注。

本科生的写作课上，曾有同学站出来，说自己的母亲读过莫言的《蛙》之后，感到非常愤怒。莫言在后记中说自己触碰的是敏感题材，是为了自己的良心在写作，他似乎真诚地相信这样一部作品会成为公正客观的历史见证。但这位经历过计划生育真正惨烈痛楚的母亲，却感到这部关于计划生育的小说有避重就轻的意思，故事讲得很流畅，真正重要的问题全不触及，一方面无视真正的悲剧所在，另一方面又毫无反思的意识，甚至很多地方还混淆了基本的是非对错。这位同学说，当他听了母亲的故事，再读小说，尤其是那篇后记时，他是站在母亲那一边的，因为他确实感到了一种冒犯和亵渎。

这一幕一定会让我铭记终生。它使我意识到，如果一个写作者用别人最深重的痛苦来讲故事，一味追求可读性和戏剧性，而不能讲到那些人、那个时代真正的痛处和最深的领悟，会让人多么伤心和失望。

我们继续追问，托卡尔丘克在《太古及其他的时间》中写到了犹太人大屠杀，而整部小说是用轻灵的、童话般的语言和视角来写的，那么，那些犹太人幸存者读到这样的小说，会不会觉得受到了冒犯呢？

同学们倾向于认为不会。因为他们能够真切地感受到作者的悲悯，以及在小说中那个“超越视角”所包含的抚慰人心的善意和暖意，它毫无猎奇和消费的意思。这些东西，他们在中国那些讲述苦难的先锋派小说及其遗绪中，是很难感受到的。

4

我时常感到，在这种“野路子、不正规”的文学课堂上，老师受的教益往往比学生多。

在他们身上，我看到了文学在当今社会最真实的境遇。

他们形象地向我展示，文学阅读确实是个人化、差异化的体验，但同时也清晰地显现出一些普适性症候，这些症候往往都值得深思。

因为课堂上的这些感受，我不知不觉调整了对当代文学的整体认知，也越来越警惕关于文学解析的自说自话。

比如我发现，不论是本科生还是研究生，阅读面较广的同学对21世纪以来中国的散文和诗歌，评价上明显要好过小说。如史铁生的《病隙碎笔》、齐邦媛的《巨流河》、多多的《诺言》等，在课堂上收获普遍的好评，细读效果也明显优于小说。

为此我集中阅读了一批近年来的诗歌和非虚构作品，受益良多，也打算在以后的文学阅读课中减少中国当代小说的书目，加入更多优秀散文和诗歌。

我感到，小说作为一种更世俗、更大众的文学体裁，在新世纪所遭受的冲击也要来得更大一些，影视文化、通俗文学占领了它相当一部分领地，新时代的读者对它的要求也确实更加苛刻了。如果小说还要充满生机地存在下去，它就必须如昆德拉所说，去传达那些只有小说才能传达的内容，找到自己真正的立身之本。

附录二

从库切手稿学小说创作

引言

2003 年诺贝尔文学奖得主 J. M. 库切，学术生涯的大部分时间都在大学讲授文学和创意写作。他本人一生坚持创作长篇小说，从不间断，所以他对写作行为的理解，触及当今创意写作学科的很多核心问题。如何从其他文本中获得启示，来解决自身写作遇到的形式问题？当小说的主题和细节越来越缺乏张力，应该怎样摆脱困境？小说的灵感和最初的叙事声音是如何找到的？写作者对小说的空间、时间的选择，究竟有多大的自由度？这些问题，都是库切在写作过程中最关心的问题，他一生的写作，以及他在手稿中对自己写作行为的完整记录，为这些写作问题的解答提供了参考。

长期以来，创意写作教学大体上分为两大类。一类是针对小说创作的基础技巧和通行原则进行的教学，涉及修辞学、创作心理学、文体学的知识；另一类则是以自身创作经验为基础进行的个性化教学，某一类作家只能教某一类小说的创作，有其特定的构思方式、思考方法和美学思想。窃以为，通俗小说和类型小说适用于第一种写作教学，但对于严肃文学，则第二种个性教学所产生的启发意义更大。这是因为严肃创作讲求的是独创性和思想性，这二者的习得，很大程度上只能来自对艺术家个体的分析和解读。而南非作家 J. M. 库切的写作生涯和教学生涯，可以作为第二种写作教学的典范参考。

库切是个学者型作家，退休前一直在开普敦大学教书，其间多次在英、美和澳大利亚访学或担任客座教授，教授的科目之一就是创意写作。可以说，他的写作生涯与教学生涯是完全重合的。作为一个写作教学者，他意识到写作过程中自己遇到的问题，很可能对其他写作者具有参考价值，所以他非常注意保留创作过程中的手稿和不同版本，目的也正在于完整保存一个小说家从创意到定稿的整个过程。他的手稿保存在美国德克萨斯大学奥斯汀分校——他的博士学位就是在这里获得的，这些手稿面向公众开放，已经有多位学者根据这些手稿开展了相关的研究。

欧美学者根据库切保存完整的小说手稿得以还原他每部长篇小说的写作经过，从处女作《幽暗之地》，到第一部产生国际影响的《等待野蛮人》，到两部布克奖小说《迈克尔 · K 的生活和时代》《耻》，再到移居澳大利亚后创作的几部后现代小说，可谓贯穿了他的整个写作生涯。库切的学生，南非学者和作家大卫 · 阿特维尔写的专著《用人生写作的 J. M. 库切：与时间面对面》，就是一本对库切手稿进行解读的著作，这本书侧重阐释了小说文本的构思、成型和修改过程，因此对创意写作，尤其是长篇小说的写作教学，有着极大的帮助。

1. 长篇小说的写作准备和写作心态

库切不仅保存了小说手稿，还保存了写作日志、创作笔记和素材卡片。1970 年元旦，三十岁的青年库切正在纽约当一名大学讲师，他把自己关在布法罗帕克大街 24 号地下室的住所里，在新年许愿中发誓，从这一天开始，每天坚持写作，如果写不到一千字，就绝不离开房间。在此之前，他一直推迟着进入写作大门的时间，花了多年的时间翻阅档案、收集资料、记录灵感，但迟迟没有正式开始创作。从这一天开始，他大部分的写作历程，都在手稿中保存下来。

他坚持了自己的誓言，持续不断地写作，几十年不间断。他在每天上班前三个小时起床，如果八点半有课，他会在五点半起来，雷打不动地坐在桌前写上两个小时，然后开始自己的教学活动：处理学校分配的行政工作，批改学生作业。他不伏案写作的时候，也随身携带袖珍笔记本，在上面记下自己零星的想法，一个句子、一个单词，或一个书目等等。

我们发现，这种强大的自制力和贯穿一生的写作习惯，是很多产量稳定的长篇小说作家共有的特征。比如当代著名作家村上春树、菲利普·罗斯、伊恩·麦克尤恩等，都是如此。

一般情况下，库切都是干净利索地写完初稿，毫不拖沓，即使中间会有很多人物设定、故事走向的改变，他也一往无前，一边写一边调整，在写作中寻觅叙事角度和叙事声音，而不是等构思成熟了再动笔。所以他的初稿最初落笔时的平淡无奇，几乎令人大跌眼镜。这些情节一般都来自他真实的生活经历，带有强烈的个人色彩，这些个人素材引发出库切对更广泛问题的思考，可以看到，在写作过程中他一点一点地调动自己真实、自然的内在声音，逐步演化成具有高度艺术性的小说。

艾略特的名文《传统与个人才能》中有这么一个说法："一个艺术家的进步意味着持续不断的自我牺牲，持续不断的个性消灭。"（T. S. 艾略特，李赋宁译，《艾略特文学论文集》，百花洲文艺出版社，1994 年，第 5 页。）库切 1974 年在一次演讲中引用了艾略特的书信，表达了类似的意思："创作一件艺术品不是件享受的事情，反而痛苦有加，这是人对艺术品的牺牲，是一种死亡。"（转引自大卫·阿特维尔，董亮译，《用人生写作的 J. M. 库切：与时间面对面》，黑龙江教育出版社，2017 年，第 11 页。）从这里可以看出，库切并不相信写作的快乐（如今有很多写作教学强调从创作中寻求快乐），更相信一个艺术家对艺术创作要有意识地牺牲、受苦，才有可能创造出值得关注的作品，避免廉价的自我重复。他写道："如果我写，我觉得很糟糕，如果我不写，我会觉得更糟糕。比如一天都不能不写，因为如果有一天不写，第二天也不想写。"（J. C. 坎尼米耶，王敬慧译，《库切传》，浙江文艺出版社，2018 年，第 381 页。）多年的坚持，最终使得写作变得越来越容易，已经成为一种生活方式。很多人认为大作家都是天赋异秉的，勤奋艰苦的付出并不适用于艺术作品的创造，但库切的写作经历再次印证了坚持劳作的意义。至少在长篇小说写作这个领域，坚忍不拔的自制力、持之以恒的韧劲，是优质写作者必不可少的素质和心态。

2．构思的过程与叙事声音的找寻

以《等待野蛮人》为例，我们来看看库切是怎样构思小说，并在初稿写作过程中如何寻找到适合主题的叙事声音的。这是第一部为库切赢得国际声誉的小说，在库切的创作生涯中具有重要意义。1977 年 7 月 11 日，库切在笔记上写下一些基本的想法，一开始他打算写的，是一部革命主题的小说。9 月 20 日以后，写这部小说已经成为他每天的必修课。这意味着这部小说不再是众多一闪而过的写作念想中的一个，而是一个强有力的核心。起先，小说的背景设置在开普敦，讲述的是后种族时代的南非故事，关于未来的想象。罗本岛不再关押曼德拉和革命家，而变成白人难民等待联合国特许船只的登乘点，他们要逃离病入膏肓的南非共和国。

库切尝试用自然主义的手法来写这个故事，几周之后，他在各部分内容的手稿上标注了“放弃”的字样，但有一些叙事元素保留了下来。此时的主角是一个四十岁的希腊人，正在写一本有关君士坦丁堡陷落的书，眼下的工作是协助乘客登上巨蟒号轮船，但因为联合国和新政府就谁来承担燃油的问题争执不下，船一直没有开出码头。

库切意识到进展缓慢。他写道："写了22页之后还是没有起色。除非按照《内陆深处》的方式把整个故事改成一个充满意识性的剧本，否则就是白费心血。但一想到又要重复那种高强度的歇斯底里模式，我就对写作没了一点憧憬。这种风格一次就够了。"（大卫·阿特维尔，董亮译，《用人生写作的J. M. 库切：与时间面对面》，黑龙江教育出版社，2017年，第111页。）这时，小说还没有题目，主题也没有确定，只有一些模糊的场景、一种腔调和一种语气。小说先后叫过《流放》《叛变者》《边界卫士》和《野蛮人》。每一次，当他意识到小说的凝聚力开始消解，写作变得缺乏新意和内在张力时，他都会尝试做一些改变。他会转换一下视角，重新整理一下思路，或者离开原定的叙事线索，深入某一条旁支寻找小说的纵深感。

又过了几周，库切终于另起炉灶，放弃了自然主义的形式，在小说中改用第一人称，主角也不再是跟自己身份接近的学者和知识分子，变成一个守卫，驻扎在某个边境哨所，而不是某个具体的现实地点。这个改变是小说构思和写作过程中的关键节点，读过《等待野蛮人》的读者会知道，这是这部小说的关键场景设置。而促成这一转变的诱因，是库切读到的罗伯特·邓肯的一首诗——《边境守卫之歌》，这启发了他做出这一尝试。

此时，小说仍然缺乏足够强劲的叙事动力，随时有可能再次推倒重来。就在这个时间段，南非发生了一场政治灾难，库切受到强烈的刺激：黑人觉醒运动领袖史蒂夫·

比科在审讯期间意外死亡，全国媒体跟踪报道，库切将新闻做成剪报，密切关注事件的发展。这时，库切小说中自然而然出现了大量审讯画面，小说开始具备了强烈的情感动机和核心动力，同时具备了现实隐喻色彩，指涉性更强。

库切尝试以老行政长官的声音来叙述整个小说，在1977 年 12 月 4 日的书信体草稿中，这个声音被确定下来，当时库切正以老行政长官的口吻写了一封交给帝国官员的信函，试图说明野蛮人即将起义的传言是子虚乌有的。这个声音彻底把库切解放了出来，迅速凝聚起他的主题和素材，犹如一个强大的磁场，场景和细节变得清晰明确起来。

小说进行到这里，已经离最开始的设定十万八千里远，实际上却接近了库切真正想要表达的感觉。中间走过的那些岔路，那些写过无数遍的开头，那些一次次改头换面的人物，都是为了找到这个感觉。正如库切所言："我根本不记得我写的那些书是如何开头的。部分原因是，在修订的过程中，开头部分就被放弃了。如果进行本书的考古学，那么它的开头部分是在表面之下、土壤深处的。"(J. C. 坎尼米耶，王敬慧译，《库切传》，浙江文艺出版社，2018 年，第 381 页。)

从这部小说的写作过程中，我们可以看出，一部优秀的长篇小说的构思，从最初的创作冲动到最终的作品成型，其过程是缓慢而持续的，如果没有过人的意志力和对现实的高度敏感，很少有人能够将这个过程进行到底，深入到一个主题少有人达到的深度，找寻到一个真正具有独创性的叙事声音。正如库切本人所言：“你写作的原因是你不知道自己想说什么，正是从这个意义上说，写作是在书写我们自己。”（J. C. 坎尼米耶，王敬慧译，《库切传》，浙江文艺出版社，2018 年，第 496 页。）换而言之，我们的写作并非一种想象力的张扬，我们对小说中的人物、场景、时间、空间的选择，也绝不是全然自由的，而是要服从我们的内在渴求，服从我们的审美直觉和隐而未发的创造冲动。而要做到这一点，需要对自己毫不妥协，要保持近乎残酷的真诚和严苛。

我们在很多写作学的教程中看到，有些作者教我们如何开头，如何塑造人物，如何安排时间线，如何使用有感染力的细节，如何利用想象力打破陈词滥调，实际上却忽略了小说写作最重要的东西，那就是情感的调动和思考的累积进步，这才是小说的原动力，也是生命力。写一部工整而缺乏内在情感的小说，放到今天，完全可以交给人工智能去完成。而且，在写作长篇小说的马拉松跋涉中，缺少激情几乎就是致命的问题。库切从自我体验出发寻找小说的契机，在写作过程中始终关注社会现实，都是为了保持作品与作者的切身关系，即保持作者对作品的热情。这一点，对于小说创作者无疑是个重要启示。

3. 写作障碍及其应对方法

作为一个知识分子作家，一生中的大部分时间都呆在大学，库切在小说创作中碰到的第一个障碍，就是写作素材和生活经验的匮乏。这个问题贯穿了他的整个创作生涯。一开始，他以为自己只能写与世隔绝的知识分子一类人物，因为他对别的人不够了解。他发现自己根本没法将立场转向下层人物，转向那些他不曾深入观察过的人。而另一方面，写知识分子又使他感到厌烦，无法恰当保持人物与自身的距离，而且这种写法也无法扩充小说的主题。我们以库切第一部获布克奖的小说《迈克尔·K 的生活和时代》为例，来看看他是怎样看待和解决这一系列问题的。

1979 年 9 月，库切从美国回到南非开普敦，当时开普敦郊区频繁发生入室盗窃事件，库切自己也遭遇了损失，他开始思考这一问题，并拟定了一份小说大纲，讲述一个自由派知识分子发现自己家里遭到洗劫后报警，发现警方根本不在乎这类事件，只关心如何平息被压迫阶层的愤怒。主人公后来射杀了一个破门而入的闯入者，从此对暴力和失控习以为常，自己也卷入了阶级斗争。

从这里我们可以看出，《迈克尔·K 的生活和时代》也和库切的其他小说一样，是把自己的切身体验作为构思的出发点。他的人物设置一开始也是跟自己比较接近，这样一来就容易把握故事的走向。同时，这个故事也反映出，库切的构思一贯是以前人的作品作为模板的。《等待野蛮人》是对卡夫卡的效仿和对话，《彼得堡的大师》脱胎于陀思妥耶夫斯基的小说《群魔》，《福》则是对笛福经典小说《鲁滨逊漂流记》的戏仿，这一次《迈克尔·K 的生活和时代》也同样如此，故事结构和大体风格都来自克莱斯特的《迈克尔·科尔哈斯》，连主角的名字迈克尔·K也源于此。

很多作家，尤其是国内作家，认为具有高度原创性的小说都是横空出世的个性之作，对其他作家的明显借鉴并非高明之举。实际上这种看法根本没有依据。《红楼梦》是对《金瓶梅》的借鉴，《水浒传》是对流行了好几代的话本的归纳和改编。博尔赫斯认为，每一本书都是许多本书之间的一个纽带；科马克·麦卡锡也说过，任何一本书，都是从已有的书籍中诞生的，所有的小说的生命，都建立在已有小说的基础之上。库切的写作实践也充分证明，小说创作也可以像科学研究一样，站在巨人的肩膀上，利用前人的探索来扩大自己的写作视野。

在《迈克尔·K的生活和时代》中，库切试图效仿克莱斯特的快节奏叙事，讲一个知识分子的仇杀故事，1980年5月，在小说写到第八个月时，焦点转到一男一女两个有色人种身上，他们的关系换了好多次，先是两口子，再是祖孙俩，后来又变回夫妻，最后成了我们在小说中看到的那对母子。在其中的一个版本中，主角迈克尔正忙于翻译手头的诗歌《迈克尔·科尔哈斯》，当路上有人问他是如何谋生的，他回答说自己是个诗人，并朗诵自己的诗。这种文艺腔显然难以为继，库切很快就意识到这一点。当迈克尔终于经过数次变身，摆脱了知识分子身份，变成一个唇裂的底层黑人园丁后，小说立马获得了前所未有的生命力。

但随之而来的另一个问题是，库切怎样才能将这个人物写得令人信服呢？他不想写知识分子，但自身却是一个典型的知识分子，对底层人物缺少基本的了解。

首先，他将自己的某些性情与喜好赋予迈克尔·K：对母亲的依恋、把农场当作想象的出生地、看重自给自足的反商业姿态、对饮食的禁欲主义、离群索居的生活方式，等等。这样一来，迈克尔·K就不再是一个跟自己截然不同、难以把握的人物了。

但这还是不够的。为了找到这个没有多少文化的园丁真正可靠的叙事声音，他花费大量的时间和精力，在手稿和笔记中做各种尝试，K时而因怨恨而滥施暴行，时而变成一个纯真的九岁小男孩。库切仔细研读了卡夫卡的小说《致科学院的报告》《饥饿艺术家》，陀思妥耶夫斯基笔下的圣愚形象，帕斯卡尔的《沉思录》，福楼拜的《一颗单纯的心》，梅尔维尔《抄写员巴特比尔》，还读了有关唇裂、营养学和营养失调方面的论文和专著，甚至还有经济学、宗教方面的文献。

这是库切应对写作障碍的一个最重要的方法——大量的阅读和调查研究。在《迈克尔·K的生活和时代》之前的小说写作中，库切也是这么做的。为了使《等待野蛮人》当中的边境场景更加逼真，库切会研究蒙古的地理特征，查找沙地草原的地形、人名、气候、动植物、农业、饮食等信息。小说写了将近一年之后，当库切觉得自己对故事中的细节缺乏把握，他又开始大量阅读和研究，在笔记中记录大量关于墓地和墓葬的仪式、死亡和绝望、艺术、密宗、空间、声音、《包法利夫人》、梦、波伏娃和薇依等等，几乎无所不包，只为找到与小说有关的一丁点儿细节，或者说是为了找到小说所需要的那种细腻的说服力。从笔记来看，库切写起小说来，简直就像在做一场声势浩大的调查研究。

一部长篇小说的写作，短则一两年，长则三五年，库切的频率大致是四年写一部。这不是一个可以一蹴而就的过程，中间必定会经过一些情绪上的波折，甚至是写作欲望的消失。这对长篇小说的写作来说，也是一个难以回避的障碍。比如 1978 年外出旅游期间，库切有过极度压抑的倦怠情绪。他感到无法在欲望缺席的状态下写出一本书。当时他在写作《等待野蛮人》，他应对这种疲倦的办法，仍然是大量的阅读和研究，直到这些阅读和研究在心里一点点生发出相关的思考，最后总会重新燃起对文字的表达冲动和欲求。

一般而言，我们认为小说需要大量一手经验，写作者最好拥有与众不同的故乡和童年，尤其是长篇小说的创作，需要耗费作者自身的生命体验。但库切的写作生涯提供了另一种可能，甚至可能是当今社会更具普遍性的一种可能，那就是更多地依靠书本知识来丰富小说的对话性、隐喻性和思辨性，使小说的内涵得以丰富和鲜活。

长篇小说的写作是一场艰难跋涉，而对将长篇小说的写作当作一生志业的人来说，更是一场漫漫征途。它必定是分为很多阶段的，各个阶段会出现不同的问题。库切认为："一个人可以按照图式结构把艺术生命想象成两个或者三个阶段。在第一个阶段你会发现一个重大问题，或者给自己提出一个重大问题。在第二个阶段你劳神费力地去寻找答案。如果你活的时间足够长，就会步入第三阶段——上述提到的重大问题开始让人心生厌倦，你得转移下注意力。”（J. M. 库切、奥斯特合著，郭英剑译，《此时此地》，译林出版社，2017 年，第 88 页。）库切本人从托尔斯泰、陀思妥耶夫斯基等作家身上学到了如何看待自己所处的阶段，如何应对那些层出不穷的写作障碍和思想危机，他从这些大师的作品、日记、书信和回忆录中学会了写作，也学到了人生之道，所以他有意识地将自己的创作轨迹以手稿的形式完整保存下来，希望能给后来者提供研究和学习的资料。

这是一部部鲜活的、真诚且厚重的写作教材，几乎涉及小说创作的方方面面，记录了库切本人无数次的尝试和失败。这样的教材完全没有说教的条条框框，没有迂腐的写作信条，它只是真实记录了一个严谨的艺术家在人生的不同阶段、处理不同题材、面临各式困境时，做出的全部努力。很难相信还有比这更具说服力的教材了。写作行为本身是变化万端的，再成功的作家，在创作自己的新小说时，总会遇到新的问题。那些字字铿锵、条分缕析、层次分明的写作指导手册，看似晓畅明了，对于写作实践的助益却很有限。确实，并非每个人都会以库切这样的艺术自觉要求自己，但我相信从库切的这些写作手稿中，我们学到的不只是创作的技巧。写作最终是和人的生命联系在一起的，从这个角度来看，我们学习写作，最好的办法仍然是走进一个个艺术家的生命历程中去，看看他们是怎样将自己的人生融入一部部艺术作品之中的。

附录三

关于文学观的自我批评

1

总是评判别人，也该批评一下自己。

我经常谈论文学，也读了很多文学作品，但回过头来看，我觉得很可能一切都是自欺欺人。我感兴趣的也许不是文学，而是从生活层面去了解自己和他人，了解我们所处的世界。能满足我要求的，我就叫好。不满足的，我就说它不好。

作为一个学科，文学究竟应该关心什么，我其实并不清楚，也不知道我喜欢的那些作品到底是不是文学的典范。大多数人称之为文学的东西，因不符合我对文学的预期，我往往不以为然，看不出门道，他们说得再热闹，我也终究只是局外人。

我对文学的这种理解，连我自己都觉得缺少新意。因此，我不太可能成为一个合格的文学批评家或文学研究者，也就不打算往这个方向走。

此外，我经常感到空虚和焦虑，找不到意义。而在某些文学作品和哲学著作中，我能得到一些指点，一点慰藉，于是把它们当作依靠。别的学科让我感到难以进入，是因为它们对我关心的问题不屑一顾。

2

最大的问题在于，我写下一段文字，随之失去了对这些文字的信任。比如上面这些话，其实我自己也不信。我们对自己阅读品位的总结，总是不准确的，都是马后炮。我们总是先有感觉，再找借口。

所有的总结，都是把具体置换成抽象。所有的语言，都是对经验的规约和简化。

我私底下相信，除了文学的方式，并没有别的方式来表达文学阅读的体验。文学研究一定是非文学的，在一定程度上也是反文学的。如果你读了一首诗感到兴奋，这种兴奋只能用另一首诗来恰当表达。

实际上，我却总是在写文学评论。

我总是毫不犹豫地宣称，我倾慕的文字，必须具备批判意识，必须从更高的视角见证自己所处的时代，必须流露出天才般的洞察力和感受力。这样的写作者并不追求完美，因为追求完美是一种虚伪和狂妄。他们应该有勇气把自己的缺点敞开，暴露给所有人，包括敌人。

但实际上，我经常被一些故作高深的故事和腔调唬住，要过很久才知道自己受骗了。

讲故事的人，在我这里带有贬义。我无缘无故地坚信，没有深刻的体验，就没有写作的权利。孤独感是现代小说的基本特质。装腔作势的说书人，在文字里扮演浮夸的戏剧角色，我看了总要难过好一阵。在过分流畅的欲望叙事里，我读不出快感。我刻薄地认定大多数当代写作没有存在的必要，这些文字里流露出来的，是肤浅的见识、庸俗的价值观，以及琐碎的日常。很可能我反对的是日常生活本身，因为日常人生就是如此肤浅、庸俗、琐碎。我对自己的生活缺少忍受能力，却指责那些忍受能力强大的人（还有乐在其中的人）不够通透，怎么看都是没有道理的。

另外，我以为自己偏爱简洁的风格，喜欢文字中带有冷静、克制、沉思的气质。但不知道从什么时候起，我心目中最基本的文字要求，只剩下真诚。字字句句都在掏心窝子，哪怕笨拙，我也觉得是精彩的。

但只要看到作者自得其乐地编故事，我就会把书合上。我宁可去看一部好莱坞大片。我也确实看了很多，一边看得兴起，一边觉得反胃。

3

我对写作者的定义，带有道德洁癖的性质。如果一个人说，他的理想是成为一个作家，我觉得他可能已经丧失了伟大的可能性。庄子、屈原、陶渊明、杜甫、曹雪芹并不是因为想成为作家才写作。他们的生命有更高层次的追求，所以在写作中能够焕发出博大的生命力。写作是一瓢水，而写作者必须成为一片海。

这当然是一厢情愿、理想主义的标高。然而我总是带着这种不切实际的期待去阅读。

我理想中的写作者，一定对自己写的东西，以及写作这门手艺，有某种狂热。他们一定是痛苦的。为更高的精神追求而痛苦。因为这种狂热和痛苦，他们一定带有一些苦行僧的特点。轻易得到的东西，永远是廉价的。

我们之所以要聆听他们的声音，是因为他们在道德或智识上，有我们所不及之处。如果不是这样，我觉得自己大可不必阅读，也没有必要写作。生活本身已然足够。

他们自律，刻苦，有使命感。悲悯众生的同时，也自我怀疑，从不惺惺作态、沾沾自喜。与时代潮流保持距离。经常推翻自己，而且推翻得很彻底。明知道没有结果，还是不肯放弃，敢于正视死亡和强权。

但这样的写作者，在活着的人里，我几乎从没碰到过。直至出现一个叫 J. M. 库切的南非作家（后来移民澳大利亚了）——在我心目中最接近理想的写作者形象，所以多年以来我一直关注他的一举一动。

4

轴心时代的思想家留下的文字印记，如《理想国》《论语》《孟子》和早期佛经等，其实就是我今天所期待的一流小说的原始形态。我一直把这些书当小说读。后世如《传习录》《查拉图斯特拉如是说》等也是优秀的小说。这类小说不用扮演三教九流的众生相，它们扮演的是宏大的思想和人物。而后世的历史也好，哲学也罢，小说就更不用提，越来越倾向低贱的模仿。我认为我们今天的文学，缺失的是高贵。伟大的俄国文学在20世纪的失落，就是高贵的失落。太多失真的传奇、神话，太多卑微的讽刺和低贱。唯独没有高贵。因为在数字资本时代，没有人还能高贵。

我总是想，写作者有没有可能像轴心时代的诸子，拥有完整的、恢弘的世界观，面对知识精英阶层，以高度原创的观念来区别于已经僵化的历史和哲学，重新赢得解释世界、感受世界的力量？

我总是觉得，我们今天的文学，乃至整个人文学科，已失去了当初的魄力和信心，受制于各种话语系统和学术规范，也就失去了感召众生的生命力。

但这种观念并不来自经验，也不是出于思考，而是一种单纯的不满。我在为人文学科的失落感到不满。

我当然知道，在信息时代，精英文化无法与民间文化抗衡。文学已死，是指精英文化丧失了大众地位。很可能自古以来，文学的受众比例都差不多，现在只是减少了附庸者，民间的归民间，精英的归精英。

然而，我相信精英和大众的对立是不可否认的，也没必要否认。人的智力差异和审美差异，是不可逾越的鸿沟。薛定谔甚至认为，人和机器人的区别，不见得比人和人的区别来得大。

我也认为，文学在这个时代，出路只在于回归精英文化。我们身处后现代语境，精英的话语权已然消解，去中心化和多元化的结果，必然是小圈子化。文学的命运就是小圈子，整个中国几千年的诗歌史，其实也是一样，没必要哀叹。

屈原、陶渊明、杜甫都是时代的审美精英，只是在万般皆下品唯有读书高的时代，大众愿意将他们供奉于神坛。放到今天，他们如果去网上发帖，也逃不了被恶搞、被解构、被祛魅。他们的文学题材，他们的崇高理念，是他们自身的，而不是大众的，因此大众不会放过他们。

我隐隐有个观点，认为文学在基因上讲，其实反对市井文化。水浒是反市井的，三国、红楼更不用说。所谓的世情小说，其实是通过特殊人群来观察世情。那不是真的世情。真的世情是僵硬、残酷而毫无抒情余地的。真的世情无药可救，刀枪不入。

5

我完全承认，我对小市民的喜怒哀乐一点兴趣都没有。一地鸡毛不是艺术。陀思妥耶夫斯基笔下的底层人物不是真的底层人物，那是受难者，是隐藏的巨人，是陀思妥耶夫斯基本人。孔乙己和阿Q也不是什么小人物，他们是一个民族的特写，是知识分子的哈哈镜，也是所有人都做过的噩梦。

是的，文学不分雅俗，雅俗也不能评判文学的好坏。我们说《红楼梦》曾经是俗文学，《三国演义》《水浒传》也曾经是俗文学。实际上，按照今天雅俗的区分，他们在任何时代都是精英文学。他们的“俗”，是相对古代士大夫阶层的知识结构而言的。放到今天，大部分自称知识分子的人，可能够不到古代士大夫阶层的最低标准。

关于莫言，有人责备我读不出他的好。确实如此。在我看来，他继承的是中国民间说书人的传统，实际上他并不了解自己那些故事的意义。他也不是一个艺术家。他的故事却很好地保存了许多可供解读的素材。他不是马尔库塞所说的那类艺术家，他不负责提供革新公共观念的新视角，也没有独具特色的人生观，相反，他的内里是大众的，没有棱角的。尽管他的写作方法是西方的，语言也很西化，但他对待故事的态度，自己讲述故事的满足感，跟中国古典小说惊人相似。从当代中国的经验里诞生出他这样的作家，也许已经穷尽了所有可能，眼下很难再指望更多，但这样的现实和文学还是令我伤心。

文学的受众一直在变化。古希腊的史诗和悲剧，受众是城邦公民，也是贵族、奴隶主和士兵。中国古代的文学，受众是士大夫和官僚阶层。今天的文学受众，各国又有差异。无法想象莫迪亚诺会出现在中国。俄罗斯如果没有学识良好的贵族和地主阶层，就不会出现托尔斯泰。我时常想，今天的中国文学面对的是什么样的读者？可能这才是该问的问题。

历史上，文学的定义不断改变，承担过各种不同的现实任务，它的定位始终在不断调整，它的内容形式与价值尺度也在不断演变。

我们眼下面临着严峻的虚无主义侵蚀，与此同时，我们对精神困境的无知和冷漠是空前的。文学对此似乎已经束手无策，尽管哲学和美学仍在期待文学重新担负起重塑人之形象的重任。

当今社会对文学提出的任务之艰巨，可谓前所未有，而文学却从未如此懦弱过。一百年前，巴赫金说小说作为一种文学体裁尚未完成，还有很多可能性有待探索。我也始终有这种感觉。只可惜，现实情况是文学躲进了商品的橱窗里，拒绝应战，不再接受责任的重负。

这种指责，毫无疑问，仍然是一厢情愿的。但是，任何批评不都是如此吗？

参考文献

［1］鲁迅．鲁迅著译编年全集［M］．北京：人民出版社，2009.

［2］张爱玲．张爱玲全集［M］．北京：北京十月文艺出版社，2012.

［3］汪曾祺．汪曾祺自选集［M］．北京：商务印书局，2015.

［4］老舍．老舍短篇小说选［M］．北京：人民文学出版社，1956.

［5］老舍．我怎样写小说［M］．上海：文汇出版社，2009.

［6］沈从文．长河［M］．南京：江苏人民出版社，2014.

［7］废名．废名集［M］．北京：北京大学出版社，2009.

［8］钱钟书．围城［M］．北京：人民文学出版社，1991.

［9］朱光潜．谈文学［M］．桂林：广西师范大学出版社，2004.

［10］王笠耘．小说创作十戒［M］．北京：人民文学出版

社，2001.
[11] 契诃夫. 契诃夫小说全集 [M]. 汝龙，译. 北京：人民出版社，2016.
[12] 契诃夫. 契柯夫书信集 [M]. 朱逸森，译. 上海：上海译文出版社，2018.
[13] 海明威. 海明威短篇小说全集 [M]. 曹庸，译. 上海：上海译文出版社，2011.
[14] 卡夫卡. 卡夫卡全集 [M]. 张荣昌，译. 石家庄：河北教育出版社，1996.
[15] 马拉默德. 魔桶 [M]. 吕俊，侯向群，译. 南京：译林出版社，2003.
[16] 托尔斯泰. 克鲁采奏鸣曲 [M]. 草婴，译. 北京：现代出版社，2012.
[17] 福楼拜. 包法利夫人 [M]. 李健吾，译. 北京：人民文学出版社，2003.
[18] 罗兰. 约翰·克利斯朵夫 [M]. 傅雷，译. 北京：人民文学出版社，1957.
[19] 帕慕克. 别样的色彩 [M]. 宗笑飞，译. 上海：上海人民出版社，2011.
[20] 毛姆. 人生的枷锁 [M]. 张柏然，张增健，倪俊，译. 上海：上海译文出版社，2011.
[21] 毛姆. 毛姆读书随笔 [M]. 刘文荣，译. 北京：生活·读书·新知三联书店，1999.
[22] 毛姆. 总结 [M]. 孙戈，译. 南京：译林出版社，2012.

[23] 阿列克谢耶维奇. 锌皮娃娃兵 [M]. 高莽，译. 北京：九州出版社，2014.

[24] 阿列克谢耶维奇. 切尔诺贝利的回忆：核灾难口述史 [M]. 王甜甜，译. 南京：凤凰出版社，2012.

[25] 里尔克. 给青年诗人的十封信 [M]. 冯至，译. 北京：生活·读书·新知三联书店，1994.

[26] 福克纳. 献给爱米丽的一朵玫瑰 [M]. 杨岂深，译. 南京：译林出版社，2001.

[27] 艾克曼. 歌德谈话录 [M]. 杨武能，译. 济南：山东文艺出版社，2008.

[28] 奥威尔. 我为什么要写作 [M]. 董乐山，译. 上海：上海译文出版社，2011.

[29] 贝娄. 太多值得思考的事物 [M]. 李纯一，索马里，译. 北京：人民文学出版社，2021.

[30] 卡尔维诺. 寒冬夜行人 [M]. 萧天佑，译. 南京：译林出版社，2001.

[31] 乔伊斯. 都柏林人 [M]. 王逢振，译. 上海：上海译文出版社，2010.

[32] 陀思妥耶夫斯基. 白夜 [M]. 李桅，译. 杭州：浙江人民出版社，1982.

[33] 陀思妥耶夫斯基. 地下室手记 [M]. 臧仲伦，译. 桂林：漓江出版社，2012.

[34] 曼. 魔山 [M]. 钱嘉鸿，译. 上海：上海译文出版社，1991.

[35] 昆德拉. 小说的艺术 [M]. 董强，译. 上海：上海

译文出版社，2004.
[36] 格林兄弟. 格林童话全集 [M]. 魏以新，译. 北京：人民文学出版社，1959.
[37] 沃尔夫. 创意写作大师课 [M]. 史凤晓，刁克利，译. 北京：中国人民大学出版社，2013.
[38] 伍德. 小说机杼 [M]. 黄远帆，译. 开封：河南大学出版社，2015.
[39] 麦基. 故事 [M]. 周铁东，译. 天津：天津人民出版社，2014.
[40] 特罗亚. 不朽作家福楼拜 [M]. 罗新璋，译. 北京：世界知识出版社，2001.
[41] 魏列萨耶夫. 果戈里是怎样写作的 [M]. 蓝英年，译. 沈阳：辽宁教育出版社，1998.
[42] 托尔斯泰. 列夫・托尔斯泰论创作 [M]. 戴启篁，译. 桂林：漓江出版社，1982.
[43] 坎尼米耶. J. M. 库切传 [M]. 王敬慧，译. 杭州：浙江文艺出版社，2017.
[44] 巴恩斯. 福楼拜的鹦鹉 [M]. 石雅芳，译. 南京：译林出版社，2010.
[45] 莫德. 托尔斯泰传 [M]. 宋蜀碧，徐迟，译. 北京：北京十月出版社，2001.
[46] 董衡巽. 海明威谈创作 [M]. 北京：生活・读书・新知三联书店，1985.
[47] 李凤亮，李艳. 对话的灵光：米兰・昆德拉研究资料辑要 [M]. 北京：中国友谊出版公司，1999.

[48] 杨嘉宝. 莫泊桑成名之前 [J]. 世界文化，1994 (4).
[49] 程应峰. 希金的“迟钝” [J]. 小品文选刊，2014 (13).
[50] 奥康纳. 神秘与方法 [J]. 钱佳楠，译. 上海文化，2017 (5).
[51] 鲁迅. 祝福 [N]. 东方杂志，1924-03-25.
[52] 鲁迅. 示众 [N]. 语丝，1925-04-13.
[53] 孙伏园. 关于鲁迅先生 [N]. 晨报副刊，1924-01-12.
[54] 赵瑜. 切开：关于小说的札记 [N]. 文学报，2014-07-17.